U0944947

图书在版编目（CIP）数据

双面人 /（韩）郑海莲著；季唐娜译.
——北京：新华出版社，2014.12
ISBN 978-7-5166-1345-0

Ⅰ. ①双… Ⅱ. ①郑… ②季… Ⅲ. ①侦探小说—韩国—现代
Ⅳ. ①I312.645

中国版本图书馆CIP数据核字（2014）第278642号
著作权合同登记号：图字：01-2013-8210

双面人

作　　者：（韩）郑海莲　　**译　　者**：季唐娜

出 版 人：张百新　　**责任印制**：廖成华
选题策划：黄绪国　　**责任编辑**：曾　曦
封面设计：图鸦文化

出版发行：新华出版社
地　　址：北京石景山区京原路8号　**邮　　编**：100040
网　　址：http://www.xinhuapub.com　http://press.xinhuanet.com
经　　销：新华书店
购书热线：010－63077122　　**中国新闻书店购书热线**：010－63072012

照　　排：图鸦文化
印　　刷：河北高碑店市德裕顺印刷有限责任公司

成品尺寸：135mm × 200mm　1/32
印　　张：8　　**字　　数**：130千字
版　　次：2014年12月第一版　　**印　　次**：2014年12月第一次印刷

书　　号：ISBN　978-7-5166-1345-0
定　　价：25.00元

图书如有印装问题请与出版社联系调换：010-82951011

目录

CONTENTS

第一章　失踪

1

清晨的阳光透过窗帘，填满整个卧室。这是一间布置得简单而又不失典雅的房间，整套的咖啡色的家具显得高档而有品位。一张硕大的床放在卧室的正中间，占据了一半的位置，正对着床的是衣柜。床头靠窗的一边是张精致小巧的茶几，几本书随意地放在上面，旁边是把藤制的摇摇椅，对着的一台小型电视机，偶尔失眠的时候用来打发时间。

一缕缕阳光穿过窗帘的缝隙，照在床上还没有完全从睡梦中醒过来的道镇脸上，道镇皱了皱眉，猛地拉过被子盖住头，想要再多睡一会儿。身体疲惫不堪，真的希望能够多休息会儿，可是处在事业工作正需努力的年纪，根本没有这么多时间休息。道镇伸个懒腰，长叹一口气，挣扎着坐起来，仍然还是昏昏欲睡。习惯性地眯着眼伸手摸到茶几上的烟，点了一根，无力地靠在墙上，闭着眼深深吸一口，又缓缓吐出。

2

过了一会儿，道镇睁开眼，自嘲似的笑了一声，掀开被子，无奈地看着勃起的欲望。这样平和安静的时候，它却一点儿都不安分，果然，男人的下半身……瞥了一眼日历，星期六，又是无奈地笑了笑，要是星期天多好！道镇又想起了在熙丰满的胸部、窈窕的腰身，幼滑的触感，正是他所偏爱的类型。

每个星期天，在熙都是赤裸裸地躺在这张床上，道镇最喜欢双手揉弄她柔软的乳房，而在熙每每都会努力反抗，道镇也是爱死了这种征服感，征服充满野性美的性感的在熙。在熙经常说和道镇做爱就像是潜意识的行为，只要有时间，只要一闲下来就想和他做爱，这种感觉和自己的丈夫做爱很不一样，或者说，现在和丈夫在一起已经完全没有了欲望。有时候，道镇也会抱怨说“我们又不是每周都能做！”在熙听到这话总会笑着说“所以每次我也是把累计下来的欲望释放嘛！”不管是潜意识还是男人的本性，对道镇来说都没有多大的关系。虽然一直都知道在熙是有夫之妇，却完全没有一点儿负罪感，反而每次和她做爱时更觉得畅快，更刺激，也会不自觉地想“这个女人是别人的，是我抢来的，她现在却只在我这里得到快感……”

偶尔，在熙的丈夫不在家时，他们也会去在熙家过夜。但是，在熙还是喜欢在道镇家，道镇却恰恰相反。每当道镇提出去在熙家时，她都会不安，充满歉疚地说“在我和我老公的床上做有点儿那什么……”可能这正是出轨的女人最后的底线吧，可是道镇却不肯就此放过她，每次都是漫不经心的一句“所以才去你家！”

有一次，两人肉体交织，靠彼此释放了欲望之后，在熙默默凝视着天花板，斟酌许久，缓缓地开口“你就像一头受伤的野兽。”道镇眉头紧蹙，盯着在熙想为什么她会用这个词来形容自己。在熙看到这样的道镇反倒兴奋起来，继续说道“而女人一般都很难放下你这样的男人，因为总觉得自己能抚平你的伤口。”她瞟了一眼道镇的表情，开玩笑似的说“但是，我是绝对不会约束你，绝对不会让你融入我的世界的，因为你的黑暗太深，充满危险。”说到这儿，在熙坐起身来，双手捧着道镇的脸颊，直直地盯着他透着精光漆黑的眼眸，一会儿又充满感叹地微笑着说道“虽然很有魅力，但却是致命的。”

想到这些，道镇冷冷地说了一句“既然这么清楚明白，就不应该陷进来！”他缓缓地扫了一眼卧室里的装饰，突然觉得这些东西都该换了。窗帘、衣柜，就连这床都是在熙喜欢的类型，但是，现在这房间完全不需要了，因为以后就算是星期天，在熙也再也不会出现在这里。

道镇下床直接去了浴室，脱掉上衣，站在镜子前看着自己。长期坚持做运动，身体肌肉线条完美，虽然做刑警这么多年来留下大大小小的许多伤口，但完全不影响这副身体的美感。“受伤的野兽”，道镇突然想起了在熙的话，想起了在熙用温热的唇亲吻每一处伤口的样子，想起了她充满讥笑的唇，这世界上再也没有在熙这个女人了。道镇盯着镜子里的自己，很享受这一刻自己脸上洋溢的胜利感。低头看自己的手，杀死那女人时的感觉似乎还依稀存在于每一根手指间。这样看着，似乎又回到了昨晚……

“我老公好像已经察觉了，我跟他离婚，给你生一个孩子，好不好？”

当然不好！道镇极为愤怒，虽然一直和她保持关系，却从来没想过要对她负责，而在熙却以为道镇钟情于她，甚至于会娶她为妻。现在就连她丈夫都知道这件事，那这件事就不可能解释清楚，自己更难全身而退，一不小心还可能会失去现在所拥有的一切。听完在熙这话后，道镇掩藏了所有愤怒，像个没事人一样上床睡觉。在熙完全没有发现他的异常，还以为道镇会等自己离婚和自己在一起，感到很满足。可是就在她幸福地入睡时，道镇的手却掐在了她的脖子上，正要用力时，在熙睁开眼，嗤笑了一声“什么呀，都好这口了啊？”伸手想要推开道镇的手，却没有成功。慢慢地在熙唇边的微笑消失，眼睛睁大，渐渐的恐怖充斥了双眼……不一会儿，在熙的挣扎慢慢弱了下去，最后直挺挺地躺在床上，没了声息。看着这样的在熙，道镇感觉到自己的血液因兴奋而沸腾，那种刺激的快感沿着每一根神经汇聚到大脑，慢慢形成一种晕眩感。

2

道镇像往常一样，按时出门上班。车就停在家门口，2010年产的SM5系列车。道镇执行任务时也经常开这辆车，偶尔遇上大案子，潜伏在车里十多天也是常有的事。幸而车比较高档，并没有什么霉味，或是劣质皮毛坐垫的味道，一直保养得比较干净整洁。车内装饰跟家里一样，都本着简单实用的原则来的，就只是放了一本设计简单的原木色电话簿，一瓶柠檬味车用香水。香水买了并没有多久，味道还很浓重。

闻着车里清新的柠檬味，道镇又意识到这柠檬味正是在熙最喜欢的。随手拿起香水，凑上前深深地吸了一口，一股清凉舒爽的味道沁入心脾，整个人舒畅无比。下一秒，道镇却按下车窗，丝毫没有留恋地把香水扔了出去。随即，又打开音乐，动感十足的摇滚音乐声充斥着整个车厢，道镇发动车子，扬长而去。徒留下那个香水瓶在空荡荡的路上滚了几圈，最终停在了路边。

车上路后，道镇不断加速，还心血来潮地跟着音乐哼起来，似乎心情很好。他供职的松波警察局旁边是一所小学，也是附近车祸事故高发地段，每次路过的时候道镇都会减速，所以一般到达工作单位差不多要花三十分钟。

沿着警察局高高的围墙迂回曲折几个弯道之后就到了警察局大门口。在门口，道真遇到了刚从训练场出来的全京。看到道镇，全京敬了个标准的礼，道镇微微点头后直接开车进去了。停车场车位远远不够用，平时不仅局里公务车、工作人员的私家车，就连外来人员的车也会停进来。道镇费了很大力气才找到一个空车位把车停下。解开安全带准备下车，道真突然停住盯着后视镜里的自己看起来。

镜子里的自己仍然像往常一样，还是一贯的满脸平静，丝毫没有什么异常，这就连道镇自己都有点不太相信。虽然说每个人对突发事情的反应并不一样，可是在发生了昨晚那样的事之后，自己竟然还能这样平静，外人完全看不出来。但是，事情发生了就是发生了，很多东西都和以前不一样了。道镇盯着自己的手，那双手清楚地记得它所做过的所有的事。虽然是一时冲动所做的事，可是在在熙停止呼吸的两分钟时间之内，道镇几个深呼吸之后就做好了完整的逃脱计划。道镇万万没有想到，厌倦至极的刑警工作竟然在自己杀人的时候给了自己莫大的帮助，这也真是讽刺至极。

7

道镇闭上眼睛，深深叹了一口气，再次睁开眼，首先映入眼帘的是警察局威风凛凛的大楼。这栋楼里都是猎狗一样的警察，一旦察觉到什么异常，他们就什么都不会放过，一一排查。万一在熙的尸体被发现，道镇也不能确定自己什么时候会成为嫌疑人。现在最重要的是，自己绝不能有什么异常表现。

“咚咚。”

不知是谁敲了两下车窗玻璃，把陷入沉思中的道镇吓得一个激灵。回过神来，发现重案一组的宣雨申正惊讶地看着自己。宣雨申比道镇晚三年来警局工作，外表干净利落，而且头脑灵活，干活机灵，所以一向和道镇走得比较近。

可能是因为刚才一直都在想在熙的事，道镇自己都没有察觉到自己微微有些紧张，按下车窗问道：

“干吗？”

“前辈，大清早的谁惹您了？”

宣雨申有些无奈地笑了笑。道镇这才意识到，他是特地过来打招呼的，自己刚才确实有些过分了。

“哦，对不起。”

“怎么不下车？是哪里不舒服吗？”

“没有，就是刚才在想事情。”

道镇这才不慌不忙地下车，心想：“事情不会这么快就被发现的，没必要这样提心吊胆的。”

宣雨申哪里会想到道镇会想这么多。宣雨申皮肤白皙，脸上总是带着温暖的笑容，完全没有严肃的刑警的样子。这会儿他又无害地笑着继续问道：“在想事情？什么事啊？”

“跟犯罪嫌疑人相比，我们刑警更忙碌。进局里工作就必须要集中全部精力，要不然很难做出正确判断。但是，进去就要开始忙，所以，每天都烦着。”道镇淡淡地说了一句，看起来似乎什么都没有发生的样子。

“嗯。”宣雨申附和着嗯了一声，“我也是……”

“你？”道镇颇为惊讶。

宣雨申耸了下肩，解释道：“一直以为您是因为讨厌张组长才……”

张组长，一听到这个名字道镇就皱起了眉，一想到他就心烦厌恶。张组长，全名张舟浩，四个月前开始担任重案一组组长。当时，前任组长正要调任到其他科室，道镇信心满满地以为自己能接替他，做重案组组长，可是没想到被张舟浩抢走了。其实，道镇讨厌张舟浩不仅仅是因为他做了组长，还有就是讨厌他的行事作风。

“前辈，您先进去，我先去一趟民事科。”宣雨申微微弯腰，跟道镇打招呼要到民事科去。刚进办公大楼，道镇还没从张组长的事里缓过神来，又听宣雨申这么一句，立刻佯装轻松地回了句：“去吧。”

道镇盯着渐渐消失在走廊尽头的宣雨申的背影出神了一会儿，才不紧不慢地朝重案组办公室走去。道镇每次都是卡着时间进办公室，绝不提前去，用在熙的话说就是自我“意识”行为，进办公室之前那段闲暇时间就是暴风雨前的平静。

路过走廊里的镜子前，道镇突然停住了脚步看着镜子里的自己。身上的西装干净整洁，没有一丝褶皱，脚上的皮鞋也是干净锃亮，更显帅气干练；发型虽然不是最新潮的，但也不保守土气。就这样的衣着外表，说他是金融证券领域的白领都会有人相信。或许，正是因为这些才让道镇和张舟浩一直合不来吧。

“你穿成这样还能去办案？连个偷吃冰激凌的小孩儿都抓不到吧！”道镇又想起张舟浩上任组长第一天当着所有重案组成员，丝毫不留情面地讽刺自己。本来对张舟浩升任组长就很是不满，第一次见面他又这样针对自己，道镇完全不可能对他有好印象。

道镇也很清楚，作为刑警，跟踪嫌疑人，躲在车里几天几夜都是常有的事，很多时候还会跟罪犯打斗，西装革履的确实不合适。所以，道镇也只在局里，没有特殊任务，不出去执勤的时候才穿。这一点道镇也跟张舟浩解释过，但是却没有得到他的认同。毫无缘由地，张舟浩就是对道镇从头到脚都看不惯。

“张组长！”道镇盯着镜子里的自己咬牙切齿地说了一句，随即脑海里又浮现出他的样子来，不由得皱起了眉头。张舟浩背有点儿驼，常给人一副萎靡不振的样子。鼻梁上架着一副老掉牙的眼镜，常喜欢缩着下巴，翻着白眼从眼镜上边盯着人看，单这一点就足够让人讨厌了。而且，他每天都穿着脏兮兮的卡其色刑警夏装，头发乱蓬蓬地堆在头顶，不修边幅。他常在局里一待就是一两个月不回家，自然也是不洗澡、不换衣服，这点让道镇最不能理解，最受不了的，但是又做不到无视。他的言行举止，衣着打扮，甚至是举手投足都让道镇彻头彻尾地感到厌恶。

刚一打开重案组的门，一股刺鼻的臭烘烘的味儿就扑面而来。现在已经七月中旬，不断上升的气温也使得这股味更加浓烈。办公室里值班的刑警都是些小伙子，平时不修边幅惯了，对这股味儿自然也是习惯了。

道镇习惯性地快速拿出手绢和香水，一手捂住鼻子，一手朝空中喷了两下香水，这才皱着眉头走进去。靠近门口坐着的刑警杨世硕看到了，似乎是早已习惯了道镇这样的举动，只是无奈地撇撇嘴耸了耸肩，心里想“又开始了。”杨世硕和道镇差不多是同一时期来局里工作的。他肚子上赘肉便便，坐着也是毫无坐相，就那么斜靠在椅子上，随时都要躺下的样子，给谁都是一副懒散的样子。道镇无视他的不快的脸色，疾步走过去，“哗”地打开窗户。随即，办公室里怨声四起。

“现在天气还很冷！”

“冻死了！”

……

道镇直接无视这些抱怨，“哼”了一声，走到自己的位子上，一屁股坐下。无论怎样，他都不会把窗户关上的。坐下后，道镇又重新打量了一圈办公室里的人，感觉气氛跟平时稍微有些不一样。重案组就像高中教务处一样，桌子一排排拥挤地摆放着，每个座位上的人就像是被教导主任叫来批评的学生一样，低头缩腰。人似乎也总是在中间狭窄的小过道里来来回回穿梭。今天人好像比往常又多了，就像赶集一样，人来人往，比平时更吵闹。

“你怎么还不去让那些人安静下来？！”杨世硕走过来，像是发泄对道镇开窗的不满一样，一屁股坐在道镇的桌上，脸上却是开玩笑一样，有些玩味地笑着。道镇皱了下眉，瞥了一眼杨世硕，指着外面那些像是来参观的人问：

“那些人来干什么的？”

“今天不是公安大学的学生来吗？”杨世硕颇为惊讶地反

问道镇。

“啊。”，道镇这才想起来今天要给这些学生做一个讲座。

“啧啧，玄道镇警官竟然连这个都忘了！”杨世硕扑哧笑了一声，拍了拍道镇的肩膀。

因为处理在熙的事，把这个都忘记了，道镇略微有些尴尬地扯了下嘴角。

公安大学的学生每年都会来这里做社会实践以及实习，今天还特别安排了一个讲座。虽然重案组组长是张舟浩，但是讲座却是由道镇来做的。也是，张舟浩不修边幅的外表，粗鲁的言行举止，确实不适合来给这些对未来刑警生活充满期待的学生做讲座。对此，张舟浩虽然不甘心，却也无可奈何，不得不把这个任务交给道镇。

讲座十点开始，现在还有四十分钟时间。道镇把手机USB连接到电脑上，打算把讲座内容再重新整理、修改、熟悉一遍。因为昨晚在熙的事，这些讲座的内容，道镇也忘得差不多了。

3

道镇站在讲台右侧，按下手中的控制器，白色的屏幕上立刻出现了这次讲座的主题“PSYCHOPATH”——变态杀人。看到这一主题，坐在下面的学生脸上都露出了惊讶、不敢置信的表情。道镇不自觉地笑了。其实对于每个人来说，对一些残忍、恐怖的东西的好奇心根本无法停止。很多时候，人们看到些让人瞠目结舌的犯罪报道的时候，都会仔仔细细地看几遍，甚至看到那些现场照片都会自己去臆想构造犯罪情节。这也正是悬疑恐怖电影比爱情电影票房更好的原因。

每个人的内心都潜藏着阴暗的一面。

“变态杀人大家肯定都听说过吧，最近很多影视剧、小说都用这一题材。”道镇说完又换了下一张 PPT，这是一张略带稚气的年轻外国男人的照片。

“照片上的人叫比尔·理查德，出生于圣地亚哥，作案时年仅 21 岁 。被害人，德尔马·布拉伊达，29 岁，男性。比尔先是强暴德尔玛，后又将其杀死。”

听到“强暴”这个词，底下略微有些骚动，有些学生脸上露出恶心厌恶的表情，尽管如此，大家仍然都是兴致勃勃，甚至有人已经开始讨论起来了。

“后来调查发现，最初，比尔并不想杀死德尔玛。而是在他将德尔玛捆绑起来之后才起了杀人的念头。你们说是什么让他产生这种杀人念头的？”

道镇环顾了一圈，虽然有几个人已经开始窃窃讨论起来，却没有人举手回答。这个案件是几年前道镇在调查另外一宗案子拜访一位心理学家时，从他那里听来的。当时道镇听那位心理学家问完后，不假思索地就说出了答案，而且是正确答案。心理学家十分惊讶，本来他认为以道镇的立场根本不可能知道答案，而道镇却一下子就说出了正确答案。看来今天坐在这里的将来自己的同行是不会有人说出答案了，道镇正要公布答案。

“是恐惧，内心深处的恐惧。”不知谁抢先说了一句。场内一下子安静了下来，所有人的视线都凝聚到了站在会场门口处的张舟浩身上。道镇也不例外，他感觉到张舟浩看自己的眼神像是洞察了一切一样，犀利又狠毒，似乎就连自己刚才内心深处的那丝窃喜都了如指掌。在这一瞬间，道镇被自己这样的想法吓得一个激灵，微微定了定神，继续讲解。

“对，就是恐惧。比尔越是感觉到被害人内心的恐惧，就越会感受到杀人的快感，这其实是一种反社会的人格障碍。这种人格障碍再加上比尔那种不断追求自我满足的性取向，才最终……”

剩下的时间里，道镇不但无法无视张舟浩的存在，而且还感觉到他在盯着自己看，因而心里特别不快。

讲座结束，学生们全部离场后，张舟浩慢悠悠地走进来。看到他，道镇又想起来刚才的事，不悦地皱起了眉头。虽然不想面对他，却也并不想逃避，就只是象征性地点了点头，又继续整理手中的 USB 数据线。

“讲座做得不错，内容很精彩啊！”

“我就当您夸我了。”

“随便你怎么想。”

听到这话道镇有些不悦，目光犀利地看着张舟浩。

“别这么看着我，我就是夸你呢！你的确是把犯罪心理讲得很透彻，嗯……怎么说呢，就是站在了罪犯的立场上，跟他们就像一条心似的。”张舟浩笑着说。可是那笑容却让道镇有些紧张，从那笑容里道镇感觉到了不祥或者说是不安。

“我知道组长您一直特讨厌我。”

“你还挺有眼力劲的。”

“组长能告诉我原因吗？”

“如果我不说呢？”张舟浩不怀好意地笑了笑，脸一寸寸靠近道镇，道镇没有躲开，也没有回答，就那样盯着张舟浩。

张舟浩贴着道镇的耳朵，用只有他们两个人能听到的声音说:“我就是讨厌你，而且我觉得你早晚有一天会犯事儿。”说完，缓缓起身，嗤笑着转身朝办公室走去。

道镇盯着张舟浩的背影，耳边一直回响着张舟浩“怎么说呢，就是站在了罪犯的立场上，跟他们就像一条心似的”、“你早晚有一天会犯事儿”这两句话。

16

“张组长又说什么了？”不知什么时候过来的宣雨申问道。

“没什么事儿。”

“您不要太在乎了，看您好像很在意的样子。”

听到宣雨申这么说，道镇更加茫然了，自己真的很在意吗？可能是吧，一直以来都以为自己根本不在意，其实事实并非如此。道镇不禁又想起来刚才张舟浩在会场外看自己的眼神，他究竟看出了什么？他又在想什么？马上道镇又反驳了自己的想法，他不可能知道什么的。自己虽然年龄不大，能力突出，而且还是重案组组长的有力竞争人选，可以说是一名优秀的刑警。这样的身份外在，别人一般是不会发现自己可以隐藏的东西的，除非那个人和自己一样，有着超乎常人的辨别能力。

“前辈？”

“嗯？”刚才道镇一直沉浸在自己的思绪里，甚至忘记了宣雨申的存在。

“不要太在意了，我们去吃饭吧！”

道镇夸张地耸了耸肩，装作不在意的样子说：“不管怎么说，我跟那个人就是合不来。”

警察局的职工餐厅在办公楼的地下一层，建得就像防空洞一样，而且潮湿阴冷，天花板上、墙上到处都是霉斑。每天十二点的铃声一响，职员就像蚂蚁一样排着队来就餐。这里的卫生条件特别差，食物里吃出头发、蟑螂也是常有的事。

“跟在外面吃不知道吃什么相比，这里也挺好的吧？”宣雨申笑着递给道镇一张小小的菜单。

每次见到像宣雨申这样毫无心机的小伙子道镇心里就不痛快，因为他觉得跟他们相比，自己这样经常不平不愤地对待生活就显得自己心胸狭隘，感觉自己像是坏人一样。不过确实也是，一个杀人犯还怎么称得上是好人？！

道镇面色不悦地接过菜单，瞟了两眼，说道：“这吃什么还不都一样！”

他们俩排在了队伍的最后面。

“前辈您这样说太悲观了。”宣雨申开起了玩笑。

道镇听了没有接话，只是无所谓地耸了下肩，心里却在想：“其实人从一出生就是一个悲剧。”

其实，道镇很少在这儿吃饭，很多时候都是在办公室里随便吃点就解决了。跟踪潜伏的时候，一般都是吃面包或者去便利店随便买点快餐填饱肚子。那样一连几天下来，有时候几乎都忘记了饭是什么滋味。而且也都是饿了就吃点儿，根本不按时。警局里职员来职工餐厅吃饭，其实并不是因为有多好吃，只是因为在这里吃会更节省时间，价格也相对便宜一些。虽然名义上说每个月给的餐补都在增加，但实际上这些餐补都算在每个月的工资福利里，根本就没有多少。再加上，工作忙，加班更是家常便饭，有时候一两个星期不回家也是常有的事，就这点餐补天天在外面吃根本就是捉襟见肘。

今天的午餐是猪排，道镇看了一眼，颇为无奈地笑了笑。

“这也叫猪排？！”

“面包和粥不一样，但嚼碎了咽下去还不都一样嘛，您就别嫌弃了，赶快坐下吃吧！”宣雨申笑着说完转身往前面的座位走去。道镇看着宣雨申的背影，突然觉得这猪排应该也没那么难吃，抬脚跟在他后面走了。

餐厅里整齐地摆放着几十张木质长桌，上百张铁凳子，让本来就不大的餐厅显得更加拥挤。再加上，短短的时间内几百号人在这里吃饭使得这里就跟市场一样闹哄哄的。看到熙熙攘攘的这么多人在这里排队、打饭，然后急匆匆地填饱肚子的样子，道镇突然觉得这跟工厂里工人争抢着吃饭的样子差不多，虽然已经看了几年了，但是到现在道镇都还不习惯这种场面。正巧有人吃完刚起身离开，道镇和宣雨申就过去坐下了。

“您和张组长怎么一大早就上火了？”宣雨申又问了一次。

听到这句话，道镇皱着眉头狠狠地攥了攥手里的刀叉，吃饭的时候听到这个名字都觉得反胃恶心。但是，道镇面上却并没有表现出来，反倒是故作轻松地笑着说：“哪儿上火了？我们不是工作搭档嘛！”

说完，低头继续切猪排了。其实，道镇一直觉得张舟浩这样的家伙根本不值得自己费神儿，跟他较真还伤自尊。虽然心里翻来覆去地想了好多，面上却是一脸的无所谓，依然优雅地切着猪排。乳白色的猪排上满满的黏腻酱汁，随着道镇切猪排的动作缓缓地四处横流，就跟人的血一样。

“尹京泰的案子怎么样了？”道镇问道。

说到这儿，宣雨申长长地叹了口气：“现在还在通缉，海关也已经下了通缉令。现在唯一的办法就是看能不能从那小子父母那里找到线索，可是他从小就和父母关系不怎么样，估计希望也不大吧。唉，现在就连被害人的尸体都没有找到。”

尹京泰是最近发生的几起青少年强奸、杀害案件的最大嫌疑人。目前在尹京泰家里发现了被害人的血迹，但却没有找到尸体，尹京泰也在潜逃中，案件调查起来困难重重。

“都怪您！”宣雨申埋怨似的抱怨了一句，因为这个案子当初是道镇安排他去调查的。

道镇拿叉子敲了一下宣雨申的头，说：“你还怪我？你应该埋怨尹京泰！”

“还不都怪您要去休假，才把这个案子推给我来做的。”

“推给你？我这么说了吗？都是一个组的，你做不好，大家不都得跟着一起滚蛋？！”

“我知道了，我最近也是被这个弄烦了才这么说的，您别介意。”宣雨申挠挠头，抱歉地解释道。

道镇没答话，又叉了一块猪排塞进嘴里，浓浓的酱汁味在唇齿间散开来，想了一会儿才又开口道：“首先必须得要找到尸体。他家附近的垃圾场也要仔细找找，尸体很有可能已经被肢解分开扔了。尤其是在搜查他家里的时候，一定要把物业管理人员找来，连马桶排水道都不能放过，特别是那些老式的下水道更要注意仔细找找，很有可能就卡在下水道里了。”

正说着就听到“哐啷”一声，原来是宣雨申听完道镇这话，吓着了。他一脸惊讶的表情盯着道镇，“前辈，您干吗非在吃饭的时候说这个！”

“吃饭的时候怎么了？”对宣雨申这反应道镇很不能理解。近十年的刑警生活，接触到了无数件这种变态杀人案，不仅仅是韩国的，很多震惊世界的杀人案也经历过，现在，就算在案发现场看到的尸体，甚至是正在解剖的尸体，道镇也没有什么感觉。所以，看到这样的宣雨申反倒不理解了。也可能是自己对这些东西本来就不感冒吧！还记得自己第一次见到被强暴后杀死的女人的照片，照片上可以看出那个女人的胸部、下体全都被凶手刺烂，身上也是伤痕累累，惨不忍睹，但是道镇看了并不觉得有多可怕，反倒是觉得很有意思。越是残忍，越是能勾起兴趣。

这么多年的刑警工作，破过大大小小的案子，对这些东西越来越没感觉，面对尸体也就只是觉得那只不过是工作的一部分而已。所以，在杀了在熙那个晚上，也没有觉得有多大的冲击，连害怕都不曾，甚至是对在熙比之前看过的那些照片上的更要惨不忍睹，而道镇自己却感到无比地兴奋。想到人们发现在熙尸体的时候那种震惊的表情都觉得刺激。

“你做刑警又不是一两天了，就这点儿忍耐力哪里够？”道镇又叉了一大块猪排塞进嘴里。

他们正边吃边聊着，原本就喧闹的餐厅比刚才更嘈杂了，在这乱七八糟的声音里，道镇还是一下就听出了那个让他皱眉不悦的声音。宣雨申坐在道镇对面，似乎也听出来了，朝道镇背后望去，果然看到张组长也来了，“果然是张组长！”

道镇又皱了下眉，一脸的厌恶。整个警察局也就他能够让道镇一听到他的声音就知道是谁，因为道镇一听到他的声音，甚至哪怕是他的名字都厌烦。

“给我一个，不，两个吧！”

“你吃这么多还走得动吗？！”

“大婶，这哪儿多了这？你们这都是什么啊？饭不是饭，肉也不是肉的！”

“不想吃就别在这儿吃，出去吃！”

“我要是想出去吃干吗还来这儿？快点儿再给我一个！”

听起来两个人这是要没完没了了，道镇一边切着猪排，一边回过头去看了一眼。不屑地撇嘴笑了下，心想“他这是什么人啊，果然是不可理喻！”

第二章　狼狈逃脱

1

张舟浩看了看日历，才发现原来自己已经整整五天没回家了，身上的衣服、鞋子、袜子，甚至连内衣都还是从家里出来时穿的那些。五天没回家，看起来更邋遢了，整个人都乱糟糟的。瞥了一眼手机，整整五天，妻子连一个电话都没有打过来问一声。偶尔，收到广告推送短信的时候，看到屏幕亮了或是听到手机响的那一瞬间，不自觉的心里隐隐期待那是来自妻子的信息，甚至在那一刻想立刻回家去。可是，每每都是以失望告终，反复几次之后，张舟浩心里越来越恼火。

张舟浩突然想到了什么，拿起手机，粗糙的大拇指迅速按开锁屏键，盯着画面看起来。手机屏幕是张舟浩和妻子的一张合影，照片里张舟浩两胳膊搭在妻子的肩上，妻子则是双手搂着他的腰，两人脸上都是洋溢着灿烂的笑容。两人看起来无疑是幸福的，张舟浩看着这样洋溢着幸福的妻子，这样笑着的自己，突然有些茫然了，没想到自己竟然也会有这样的时候。这应该是他俩最幸福的时候吧！从照片可以看出来，背景是现在还住着的家，可是张舟浩却记不起来这是什么时候拍的照片了，甚至于想不起来俩人什么时候这么幸福过。放下手机，张舟浩用那两手手掌揉了揉脸，皮肤粗糙不堪，照了照放在桌上的镜子，头发像草窝一样乱蓬蓬，头顶头发也掉得差不多只剩下稀稀疏疏的几根头发。也确实，已经是四十五岁的年纪了，年轻时的样子一去不复返。

张舟浩的妻子比他小三岁，是在大学同学秀昌的介绍下认识的。不是一见钟情，相处一段时间后也并没有说非她不娶，就只是觉得自己到了该结婚的年龄，这个女人也“差不多”，挺适合，就这样结婚了。其实，两人长相都并不是很出众，都是普普通通的平常人，所以大多数人看来，这样的女人配这样的男人“差不多”，单从外表来看，两人也挺般配。

他们俩的恋爱也是“差不多”，和大多数人一样，约会、看电影、喝咖啡，没有什么爱得死去活来、轰轰烈烈的桥段。这样的爱情婚姻其实也不错，踏踏实实，安安稳稳的，没有大起大落。偶尔遇到秀昌，和他喝两杯，也会笑着谢他当初介绍他俩认识。

只是现在，似乎几年的婚姻生活把原本就不多的感情也消磨得所剩无几，爱情不温不火，婚姻索然无味。但是，其实从一开始就是这样的，家还是那个家，妻子也还是那个妻子，所有的一切都按部就班地进行着，对于张舟浩来说，生活也差不多就是这样。

这样的日子也过了十年，不出意外，以后的生活也还会继续这样下去。两个人没有爱情，可是一起生活了十年，也算是彼此生活中的一部分，算是亲人了。所以，这样几天不回家，妻子却连一个电话，甚至连一条短信都没有，张舟浩不免有些生气了。就算养的一条狗几天不回家也不会这样不闻不问吧，张舟浩几次都想主动打电话问问，可是每次却又觉得主动打电话太伤自尊。

“张组长！”张舟浩沉浸在自己的思绪里，没有听到宣雨申叫他。

“张组长！”宣雨申又叫了他一次,这次还拍了拍他的肩膀。

“啊？！”张舟浩吓了一跳，急忙转身发现宣雨申正站在他背后。宣雨申反倒被张舟浩吓了一跳，满脸紧张地看着他。张舟浩不悦地皱紧了眉头。

“你好好打招呼不行啊你？这样突然一下是要干吗？”

“叫了您两声您都没反应。”

“那你怎么不再叫一次？”

26

“局长叫您过去一趟。”宣雨申指了指地板，意思是局长在楼下的办公室等他。

张舟浩不悦地白了他一眼。

“那下次我叫您三次。”宣雨申开玩笑，想缓解一下气氛。

“局长找我什么事？”

“我不太清楚。”宣雨申轻轻地耸了下肩，“可能是又有案子了吧！”

的确应该是什么大案子，一般的案子局长不会亲自见重案组组长，只有遇到大案子的时候，局长才会亲自指示安排。这次，局长亲自找张舟浩肯定是有什么大案子了。想到这，张舟浩不禁有些紧张，站起来准备下去。

“让现在所有没在执行任务的都做好准备，随时紧急出动。”张舟浩一边走一边安排。虽然说重案组随时都必须做好紧急出动的准备，这次似乎比以往更紧急。

“是！啊，那玄警官呢？”宣雨申又问。

“玄警官？”张舟浩显然还没明白过来他说的是谁。“啊，你说玄道镇。”张舟浩才明白过来，又说了一句。平时他都是玄道镇、玄道镇的叫，这样一下子加了称呼叫他玄警官反倒没意识到说的是他。张舟浩又疑惑地看着宣雨申，不明白为什么单独提出他来。

27

"他不是要去休假了吗？"

张舟浩这才想起来，之前道镇请示过要去休假。不禁又想起之前道镇要求去休假的时候那傲慢无礼的样子，到现在都还恼火。虽然说刑警也受劳动法保护，可是作为刑警，就要承担职业责任，根本就不可以这样随随便便就去休假。从前辈到张舟浩自己，都没有过说想去休假就去的例子，所以才对道镇特别不满。现在张舟浩觉得不管多大的案子，都没有必要非得让明天就要开始去休假的道镇回来。

张舟浩颇为不屑地对宣雨申说："去休假了就没必要叫回来了。紧急准备玄道镇除外。"

"是！"宣雨申掩盖不住脸上灿烂的笑容，端端正正地敬了一个礼。

张舟浩心里很不能理解，又不是他自己去休假，有必要高兴成这样吗？不过，反过来一想，这样年纪轻轻的小伙儿本就没有什么乱七八糟的心思，总是以别人的幸福为乐。不自觉地嘴角上扬，正准备出去。

"组长。"

宣雨申又叫住了张舟浩，张舟浩再一次停下来转身看着他。宣雨申有些不好意思地笑着，手指了指张舟浩的头，说："头发，您的头发。"

28

张舟浩拿手拨拉了两下头发，就着门上的玻璃照了照，平时一直都是乱蓬蓬的头发，今天好像更嚣张了，像个鸟窝一样，倒更有艺术感。不过想想，要是就顶着这发型去见局长，估计耳朵都被局长的河东狮吼给震聋了。不过头发好像跟他作对一样，怎么都理不好了，张舟浩火大地又使劲扒拉了两下。“就这样了，又没有谁规定刑警头发不能这样！”张舟浩边说边继续拿手梳着头发。

“是！”宣雨申笑嘻嘻地敬了个礼，就回自己的位子了，张舟浩也朝局长办公室走去。局长办公室就在重案组楼下，张舟浩边下楼边在想，宣雨申那小子比起重案组倒是更适合在民事科，不管遇到什么事，脸上都是那样的微笑，整就是一个没脾气的人。

“倒是那小子……”张舟浩又想起了道镇，轻哼了一声，啧啧舌，他们两个完全是天南海北的两种人。

轻轻地敲门之后，张舟浩推门进去。扑面而来的空气和重案组是一百八十度大反转，重案组是腐烂酸臭的味道，这里却是令人惬意的舒爽。确实也是，同样大小的办公室，重案组是二十几个大男人挤在一起，这里却是局长一个，自然是不一样的。窗边放着几盆生机盎然的植物，给办公室增添了几分活力。而重案组，谁要是带个植物过来，通常都活不了几天就枯萎死了，也不是管理不当，大概是就连植物也受不了重案组里每天犯罪嫌疑人和刑警之间那种暗流涌动的压抑吧。局长办公室正中间放着的是一组高档的皮沙发和茶几，办公桌正对着门口，一进门就能看见桌旁边挂着的那面国旗，像是在对每一个进来的人说："我很爱国。"

张舟浩几步走过去，站在了局长办公桌前。局长已经六十多岁，肚子便便，头顶头发已经几乎都掉光。为了掩盖住光秃秃的头顶，特意把边上的头发梳过来，可是这样并没有多大的效果，反而让光头顶儿更引人注意。

局长正在批文件，看到张舟浩过去，就放下笔，看着他说："你来啦！"张舟浩鞠了个躬问道："是，您找我有什么事吗？"

"嗯。"局长略微沉思了一会儿，抬头有些沉重地看着张舟浩说，"紧急任务。"

"果然是这样。"张舟浩心里默默地想道。

2

"前辈，明天您就开始休假了吧，今天早点收拾下班回家休息吧。"宣雨申递给道镇刚买来的咖啡一边问道镇，满脸的羡慕。

法律为了保护劳动者的合法权益设置了很多法定节假日，

但这些对于刑警来说，都是形同虚设。夏天从没去过海滨浴场，忙里偷闲的小假期也不曾有过，就连每年的年假都没有休过，但是对于这，道镇从来都没有抱怨过。没想到这次竟然能有五天的休假。现在，因为在熙的事情，再加上今天一来上班就被张舟浩搞得心里也是乱七八糟的，倒把休假的事情抛到九霄云外了。宣雨申一提，道镇这才想起来。

“前辈您不会忘了吧？”宣雨申惊讶地问道，“前辈，您太过分了，我们都羡慕您可以去休假，您别告诉我说，您真给忘了啊！”

看着巴拉巴拉说个不停的宣雨申，道镇什么都没说，只是笑了笑。为什么把休假的事给忘了？为什么这么不在状态？道镇真想把原因仔仔细细地给宣雨申解释一遍。道镇真想看看宣雨申听了自己给他详细地描述自己如何残忍地杀死在熙后的反应，特别期待看看他现在这张单纯的脸会有什么戏剧性的变化。道镇费劲儿地忍住了讲给他听的冲动。

按照原来的计划，从明天开始，道镇和在熙会去度五天假。两人去度假，去哪儿并不太重要，不管是去幽静的小度假村，还是喧闹的大海边，甚至是去国外，只要想去都可以去。时间、地点都不定，所有的都按着自己的心思来，想去哪儿就去哪儿，想吃什么就吃什么，想想就觉得这样的旅行度假会无比浪漫。

两个约定好的就只有一点，那就是在这五天里必须有三天以上两人哪里都不去，就待在房间里尽情地做爱，累了就睡会儿，醒了睁开眼继续。

“这样度假会不会累死呀？”当时在熙还笑嘻嘻地开玩笑。

道镇觉得那样死去也是件挺浪漫的事。如果一切都还按照原来的计划进行，那从明天开始，道镇就开始浪漫的度假，现在应该是欢喜雀跃的吧。

原本道镇还计划，这次旅行之后就和在熙分手，因为察觉到了在熙的心思，而他并不想对在熙负责，只是男欢女爱的一场游戏而已。可能在在熙看来这会是一次与情人的私会，但是道镇把它当作了分手旅行。当然，如果在熙还活着的话。

“本来就没有什么特别的计划。”

“啊？”宣雨申上扬的语调显示出了他的惊讶，“您之前还强调说必须要去……”宣雨申看了看四周，像是说什么秘密一样，“我还以为您要跟女朋友去哪儿度假呢！”边说还笑嘻嘻地悄悄拍了下道镇的肩膀。

当初打算休假去向张舟浩申请开始，就波折不断。张舟浩一直强调，暑期休假期间，各种犯罪案件会比平常多出很多。管辖区内一天发生十多起重大的案子也是常有的事，重案组人手又不多，所以经常会忙得人仰马翻。各种犯罪分子猖獗，就像夏天的苍蝇臭虫一样，抓都抓不完。这个时候提出来要去休假，无疑会被骂得狗血淋头。张舟浩也是一直反对，不肯同意。但是，道镇也有让他无法拒绝的理由，那就是这次是道镇做刑警十三年来第一次休假。道镇拿着这一点和张舟浩据理力争，甚至就连劳动保护法哪项哪条都一一列举出来，最后张舟浩也不得不批准他休假。

现在看来，似乎那会儿的努力都白费了。道镇甚至都在犹豫要不取消度假计划，反正现在一起去度假的人也不在了，连最初去度假的目的也没了。但是，道镇马上否决了这个想法。

道镇杀死在熙的地方也在重案组管辖范围之内，到现在都还没有人报案也就证明尸体还没有被发现。现在正好是七月中旬，天气预报最近也是一直报道“明天气温会比今天有所上升”，气温越高，尸体腐烂得也就会越快。这样的话，即使尸检也只能推测出大概的死亡日期，很难具体地确定。运气好的话，在道镇出去休假这段时间，在熙的尸体被发现然后确认死亡。尸体腐烂得厉害，又很难确定死亡日期，自己就可能有充足的不在场证据。其实，道镇本来就不是很担心，因为知道自己和在熙的关系的人几乎没有。在熙本来就是有夫之妇，对这件事肯定也是讳莫如深，自己也是，警局里的同事、自己的朋友也全都不知道在熙的存在。即使尸体被发现，也不会有人怀疑自己这个局外人。但是，事情就是不怕一万就怕万一，如果自己留在局里工作，不出去度假，万一在熙尸体被发现，这个案子又正巧分给自己负责，那才是对道镇人生的一个大讽刺。虽然说道镇能眼睛都不眨地演戏、说谎，但是可能自己都没能意识到的一点点小细节就会毁了一切。况且，说一个谎，就要再说一个谎去圆这个谎，可能就是这个谎给自己招来杀身之祸也说不准。思前想后，道镇最后还是决定按照原来的计划去休假。

“你刚才说提前下班比较好，什么意思啊？”

“刚才局长叫张组长去了他的办公室，看来这次又不是小案子，所以我才说您还是先走着比较好。好不容易才能去休假，万一再走不成呢？！”

“出什么事儿了？”

宣雨申耸了下肩，表示自己也不知道。也是，局长都亲自叫重案组组长过去了，现在他肯定还不知道到底出了什么事。

道镇本来还想待会儿再下班回家的，现在觉得还是早点儿走比较好。休假申请早就批下来了，之前负责的案子该处理、该交接的也都完成了，紧急准备都不需要自己了，现在在办公室里也没什么事情可做，与其这样坐在这儿，倒还不如先走了。更何况，现在张舟浩不在，自己走就可以不需要再去跟他打招呼，等会儿他回来了反而更不方便。还有就是因为现在局长亲自叫张舟浩过去，重案组所有刑警都在紧急准备，不难看出肯定是有什么大案子发生，说不定就是在熙的尸体被发现了呢！想到这儿，道镇不等张舟浩回来就出了警察局走了。

出了警察局，道镇决定先去购物。因为之前和在熙定的是位于堤川市郊区的一家叫“意外”的汽车旅馆，所以三餐都要自己准备。因为又是位于郊区，附近并没有大型超市、购物中心，所以必须提前准备好所有食物和饮料。

道镇上车把公文包扔到后车座上。早上出门的时候完全忘记了今天就要开始休假，仍像平时一样西装革履的打扮，这样去超市购物肯定是不合适的。不过幸好，由于工作的关系经常一出门就几天不能回家，所以车上总是备着一两套休闲便装，现在也能将就着凑合一下。道镇换了衣服，又检查了一遍车上现在的备用物品，觉得有些不足，犹豫是不是应该回家后多准备一些，以备不时之需。

道镇边想边发动车子，但是却没成功。接着又试了几次，还是一直熄火，就是发动不了。天气又热，这会儿汽车又出故障了，道镇一下子火又上来了，甚至在想干脆不去旅行算了。急匆匆地翻出外套口袋里的名片夹找到当初买车时给的 4S 店的名片，当时说是可以免费维修三次。道镇立马拨了名片上的电话，“企业咨询请按 1，保险理赔请按 2……”一分多钟的铃声过后终于接通，和工作人员简单地说明了现在的情况后，约定三十分钟之后，也就是 3 点 50 工作人员会准时过来处理。

确切地说，过了三十六分钟之后，工作人员才到。来的是一个中年男人，身上穿了一件肥大的夹克，脏兮兮的，背后印着“24 小时服务”字样。道镇有些不耐烦地要求他快一点，说自己还有急事儿，那工人笑着敷衍道镇“所有人都说自己忙都要求快一点儿”。道镇一下子又火大了起来，狠狠地瞪了一眼。倒不是因为修理要花很长时间，就是被那工人敷衍的态度给惹毛了。幸好这还在警察局，道镇碍于面子还能克制下火气，否则的话，这人今天是不可能平安无事了，准会挨道镇一顿暴揍。那人看道镇怒火中烧，似乎也知道自己惹不起他，就闭口不语，默默地接过道镇扔过来的车钥匙，上车试着又发动了几次，还跟刚才一样，发动不了。他试着又发动了一次，侧耳仔细听了听，像是发现了什么，立马下车打开车前盖检查起来。那人仔细检查了一会儿之后，像是完成了一件什么大任务一样，长长地呼了一口气，盖好前车盖，转身对道镇说：

“是发动机的问题，其他地方也可能有问题，但就现在检查的来看主要原因还是发动机。反正修理发动机也要去维修中心，正好到那里我们再检查一下其他地方有没有问题。我们可以免费拖车。”

车暂时不能开了，这让道镇很恼火，但是也是无可奈何的事，道镇有点儿不甘心地又说了一句：“明明上午还好好的……”

“机器这东西本来就这样嘛，可能是因为部件老化，也可能是因为卡住了什么东西，这些原因都是很正常的。”

道镇点了点头，又跟那员工要了他的联系方式。那人问道镇附近是否有常去的熟悉的修理厂，道镇说没有，并让他给推荐一个。过了一会儿，拖车就来把车子拖走了。看着车像是被牵着鼻子一样被拖走，道镇微微有些发愣地站了会儿。已经开始，就没法儿半路而退。

道镇掏出手机，打电话给宣雨申，响了很长时间，宣雨申才接电话，但是不知为何，道镇感觉他好像在刻意压着声音。

“喂，前辈。”

“出了点儿事，到现在都还没走成，你能来下停车场吗？”

“嗯……现在吗？”

从宣雨申的语气里道镇听出来他好像有点儿不方便，又想到刚刚局长找张舟浩的事，就问道：“怎么？出什么事了吗？”

“没有，没什么事儿，您稍微等下，我马上就过去。”

“嗯，我的车出问题了，能不能先借你的车用下？”

“车啊？嗯……我先过去再说吧！”

37

道镇对宣雨申犹犹豫豫的语气有些不快，挂了电话，抱怨了一句“总是嗯嗯啊啊的，什么啊！”随手就把手机扔到了口袋里。

不一会儿，宣雨申就到停车场了。

“刚才怎么了？有什么事儿吗？”道镇当面又问了一次。

“就是张组长去局长办公室回来了一趟，应该是又有什么案子了吧。”

“什么案子，很大？”

“感觉好像是挺大的，但是组长还没说是什么案子，只是沉着脸又去了局长办公室。”说着宣雨申还学了一下张舟浩的表情，“扑哧”又笑了一声。

听完宣雨申的解释，道镇感觉刚才心里压着的石头终于落地了，照他的说法，可以推测出来至少还不是在熙的尸体被发现了，否则的话，局里现在不可能还这么平静，张舟浩也不会是这反应了。

“我的车出问题了，检查说是发动机坏了，拖到修理厂去了，借下你的车吧。这几天你就先开局里的车吧！”

宣雨申立刻爽快地给了道镇车钥匙，道镇看了一眼有些意外，因为他给的是局里的车钥匙。局里的车说的是那些不带警察标志的车，和平常的私家车没有什么区别，这些车一般都是出去埋伏办案、跟踪逮捕犯罪嫌疑人时用的车，为了防止犯罪嫌疑人看到警车逃走。道镇觉得自己这次是去度假，开这车有些不太合适，这才想开宣雨申的车。宣雨申看着有些意外的道镇，笑着说：“前辈您就开这车吧，您知道的，我开车不咋滴，组长哪会轻易让我开局里的车。”

开走局里的车首先必须要张舟浩允许。但是在道镇看来，张舟浩绝对不可能会同意自己开局里的车去度假的。本来他对自己度假的事就很不满，现在还允许自己开局里的车出去，道镇感觉特别惊讶，有点儿不敢置信。

“你的意思是说张组长允许我开这车？怎么可能？”

“他偶尔也会比较善良嘛！”宣雨申笑着悄悄跟道镇开玩笑说。平时不拘言笑的道镇听了这话也忍俊不禁，大笑了起来。

“他应该也是知道我开不了其他的车吧，刚才来这之前，他说让您开这车。”

“原来是这样！”

“是啊，这样就两全其美了。”

两全其美，表面看来似乎的确是这样，但道镇却并不这样认为。正所谓有得必有失，你好我也好，两全其美的事根本就不存在，就算有也只是表面的现象。就像现在道镇可以开着局里的车去度假，似乎挺好，可这要是被上头的领导知道，就不是什么好事了。有得必有失，根本就没有例外。

“你快先回去吧！”道镇催促宣雨申先回办公室去。“祝您旅途愉快，一路顺风！”宣雨申向道镇告别后就回办公室了。

道镇上车，转动钥匙，清脆的发动机声传来，车子轻快地扬尘而去。

3

道镇一路轻哼着歌很快就到了附近的一家大型超市。因为是工作日，这会儿又是上班时间，停车场的车并不多，所以很快便停好了车，进了超市。

超市里也是一样，稀稀落落的没有多少人，主要也就是一些全职妈妈带着小孩子在零食区挑选。道真觉得还不错，平时最讨厌来这种大型超市，一方面是因为人多，另一个方面是因为总觉得自己在这里显得格格不入，难以忍受那种突兀感。

道镇从超市右侧推了一辆购物车，进了超市。道镇不像那些家庭主妇一样，丈夫外出上班之后，就以逛街、购物来打发时间，总是在超市里挑挑选选，他很快便选好了所有必备的东西，直接结账。道镇买的东西除了啤酒，其他的基本都是些打开包装就可以直接吃的速食品。一方面是因为订的汽车旅馆并不提供厨房用具，另外也是考虑到出去度假就是为了休息，不想在做饭上再花时间和精力。结完账，道镇把买的东西全部装上车，购物车交给超市工作人员，开车踏上了度假旅途。

道镇一路飙驰，尽情享受着速度带来的刺激。不知不觉间，太阳已经渐渐西沉，幸好在道镇厌烦之前已经驶上了38号国道，不多一会儿便看到了堤川市的指示牌，没出什么岔子，一切顺利地到达了目的地，道镇有些得意地扬了扬嘴角。不自觉地又想起来以前和在熙讨论过的问题。

“明明就有导航仪，为什么放着不用啊？”

“我的大小姐，你见过哪个男人用这玩意儿？这关系到男人自尊心的好不好！”

“是哦，一直觉得男的不带地图、不用导航就能顺利到达目的地，而且都不会迷路，真的很神奇，好厉害！”

“真的？”那个时候道镇很是自豪地笑着，觉得自己就是最厉害的男人。现在又想起来，甚至都有些不敢相信自己竟然也有那么多情的时候。

瓢泼大雨不断倾泻而下，虽然车外雨刷一直开着，可是雨太大，再加上车内开始起雾，路面能见度很低，视野内一片模糊。这样的雨天，车内也是潮湿阴冷，充斥着一股霉味儿。难得休假，又遇上这样糟糕的天气，道镇反而一点都不觉得讨厌。道镇慢慢降低车速，抬头盯着阴沉的天空，心里觉得有些遗憾，想着“这

41

样的天气真适合制造恐怖气氛。”

突然，道镇无意中瞟到有什么东西朝自己的车冲过来，惊讶地瞪大了眼睛，迅速反应过来，立刻使劲儿踩下了刹车。“哧—”尖锐的刹车声刺激着耳膜，道镇觉得耳朵都快聋了。“砰”又是沉闷的一声，应该什么东西撞到车前挡风玻璃上。下雨路面滑，急踩刹车后，车子还是向右侧滑出了很多，身体由于惯性也不由地前倾，撞到方向盘上。但是，却丝毫没有感觉到疼痛，其实是因为精神上受到的冲击太大，还没有缓过神来，什么也听不到，脑子里还是一片空白。身体不断颤抖，道镇缓缓地抬起头，“呼”大声地呼出了一口气，“噼里啪啦……”窗外的雨声也慢慢涌进耳朵，这才慢慢恢复过来。这同时，道镇又一次目瞪口呆，车前玻璃上，血水混着雨水，一条条流下来。道镇好像连自己的额头上不断有血流出来都没有察觉，慌慌张张地就要下车去。可是，手颤抖个不停，足足试了四次才把安全带解开。

道镇完全顾不得外面的瓢泼大雨淋得全身湿透，颤颤巍巍地走到车前面，发现前车盖有些变形。看到这些，道镇立刻环顾四周，想确认一下周围是否有其他人目睹了刚才的一切。而这似乎比确认此刻车底下是否有人正处在生死边缘更重要。像是给自己勇气一样，道镇闭上眼，深吸了一口气，又睁开眼，这才俯下身朝车底看去。

“呵！”车底的光景让道镇有些哭笑不得，但也是心安下来了，车前轮子正压着一直还在流血的獐子。獐子还一息尚存，但是即将要来临的死亡让它痛苦不堪，“嘤嘤”地微弱地叫着，四肢挣扎着慢慢伸长。道镇安心地叹了一口气，又想到刚才这獐子让自己多紧张害怕，不由得怒气冲天。“妈的！”道镇骂了一声，蹲下来看着那只獐子。獐子瞪大了眼睛，哀求似的看着道镇，痛苦地发出细微的叫声，好像是在哀求道镇能救它一样。

“你也害怕了？嗯？”道镇温和地说着，双手抓住了獐子的头，“你这个狗东西！”霎时道镇面露狠色，使劲把獐子的头往另一侧一拧，“嘎吱”一声，獐子连挣扎一下都没有就没了气息，四肢瘫软，彻底死了。道镇朝地上吐了一口痰，很快便被雨水冲掉不留一点痕迹。

道镇站起身来准备上车，这才感觉到脸上的雨水特别难受，随手抹了一把额头，发现手上黏黏的，感觉不像是雨水，看了一眼手上，这才发现自己刚才撞伤了右侧额头。伤口淋着雨，这会儿火辣辣地疼。他停下脚步，紧紧咬住下唇，刚才冲天的火气再一次涌上来，不断浇在身上的瓢泼大雨也不能熄灭心里的怒火。道镇看了一眼脚边不远处的石头，抱了起来，看着已经死去的獐子仍然瞪着眼盯着自己，眼里泛着杀机，朝着獐子的头狠狠地砸了下去，一下一下……鲜红的血不断四溅，道镇顾不了这些了，反正这大雨都会冲刷干净，一点痕迹都不会留下。看着獐子血肉模糊的尸体，道镇又狠狠地吐了一口唾沫。

这段小插曲过后，道镇重新上路，又走了大约三十分钟，到了目的地——堤川市義林池附近的一个汽车旅馆。穿过芦苇丛旁边的小路，就看到了入口处的一棵合抱粗的大树，上面挂着一个硕大的牌子，牌子上写着“意外汽车旅馆”。沿着两边种满树的小道一路开进去，不知什么时候雨已经停了，但雾还是很大。道镇慢慢减速，缓缓前行了不一会儿，就看到了一栋不大的建筑，应该是这里的办公管理楼。可能是天气的原因，也可能是因为周围很静谧，这栋小建筑给人一种神秘的感觉。

把车停在旁边的停车场，道镇下车后第一件事就是伸了一个大大的懒腰，由于长时间驾驶，疲惫不堪的身体嘎吱嘎吱响。雨后的空气清新舒畅，道镇深吸几口气，顿时觉得身心舒畅，心里郁结的包袱也全都放了下来。

“您好，欢迎光临这里。”

道镇回头一看，原来是从那栋楼后走出来的一个男的在跟自己打招呼。那男的手里提着一把斧头。可能是意识到道镇看到斧头有些惊讶，他解释说偶尔有客人想要办篝火晚会，所以拿了斧子出来。道镇推测他应该是这里的工作人员，于是点头说道：“你好，我是金英茂，之前有预约过。”因为之前是为了和在熙秘密约会才出来度假，道镇觉得其实两个人的关系说难听点儿就是通奸，这种事还是秘密进行比较好，所以预约都没有用真名。不过现在看来，用假名字预约确实是个好主意。假如当时用在熙的名字预约，自己现在又来住宿，万一在熙的尸体被发现，那么警察很快就能顺着这条线索找到自己头上。不由得道镇又暗暗庆幸起来。

那男的把手里的斧头靠墙放下，转身打开身后挂着“办公室”牌子的门，道镇跟着他走了进去。办公室很小，走到门口就看清了里面的一切布置，只有一张半旧不新的办公桌，旁边一把掉了皮的皮椅子。那男的拿起桌上放着的一本脏兮兮的发黑的账本，一边翻找一边问道：“预约的是两个人……”说着顺便抬头瞟了一眼道镇身后。

“他临时有事，我先过来了。”

“哦，这样，那费用……？”

“预约的时候已经全部付清了。”

道镇说完，那男的正好找到了“金英茂”的相关记录，记录了预约日期、预约时间等相关信息，最后标了“已付”。那男的把账本递给道镇：“请在这里签名吧。”

道镇接过账本，迅速签上名，开始有些不耐烦地皱起了眉头。

那男的也发现了道镇的不耐烦，解释道："我们这么做也是为以后万一有什么不愉快的事发生……"

"嗯，应该的。"道镇苦笑着说。

"我是这里的老板。"那男的边说边向道镇伸出了手。道镇虽然满心的不耐烦，迫不及待地想一个人待着，可是无可奈何，出于礼貌，还是敷衍地和他握了握手。

"跟我来，带您去看下您预约的房间，给您介绍下周围的环境。"

虽然很想说一句"不需要"，可是至少浴室这样最基本的地方还是要知道的，道镇不得不跟在他后面看了下附近的环境。

老板像是很热的样子，一直不停地扇着手里的蒲扇，竟然还颇为自然地伸手抹掉腋下出的汗。道镇看了一眼刚才还和他握手的那只手，觉得有些恶心。

"这里是我们自己挖出来的，建造的露天游泳池。"老板的语气得意扬扬，说的好像是他自己亲自建造的一样，"虽然天气不太好，但如果您喜欢的话，也可以来游泳。"他边说边笑着，露出满口黄牙，能清楚地看到两颗门牙之间还夹着残留的辣椒皮儿。道镇一直忍着，很想直接把他按在泳池里。

"里面的设施不给您介绍也可以吧？"走到道镇预约的房间门口，老板给道镇钥匙，顺口又问了一句。

“可以的，没关系。”道镇几乎是抢一样的从老板手里拿过钥匙。老板已经带着他从房间后面的小片野草莓到曲曲折折的小路仔仔细细地走了一遍也说了一遍，现在要是再让他给介绍房间里的设施，估计他得像教小学生一样，连如何用煤气灶、如何开冰箱门这些琐碎的小事都要一一说一遍了。道镇想不通为什么这种独居的人都这么爱和别人说话，出租车司机这样，这里的老板也是这样，说起来都没完没了，甚至都能说到在野党怎样怎样，这些完全不着边际的话。

老板有些遗憾地又说了一句：“那就这样吧！”

道镇微微点了点头，老板转身正要离开。

“啊，对了！”老板转身又开口要说什么。

“还有什么事？”道镇皱着眉头，勉强挤出一丝笑容，硬生生地问。

“您退房的时候，床上寝具就那样放着就好，但是厨房餐具请务必打扫干净。”

“行，知道了。”道镇有些不快地应声。

那老板应该也感觉到了，讪讪地转身离去。道镇一直盯着老板离开的背影，知道他转身进了办公室，看不到，狠狠地骂了一句“妈的！”转身进了房间，“哐当”一声，把门摔上。

4

房间很小但是比道镇想象的要整齐干净很多，从外面看这房间很像移动式的简易房，但是里面贴了原木色的墙纸，有些复古的感觉，很雅致。房子很大，朝向院子，安装了纱窗，看样子晚上开着窗子睡觉也无须担心蚊虫问题。

道镇把手里提着的包放在门口，背着手在房间里绕了一圈。最靠右手边放着一张床，被子枕头整齐地叠放着，上面盖了一个防尘罩。道镇用拇指和食指轻轻地拎起被子一角，看了一眼，红色花纹的被子让道镇不由得又想起老板那张脸，皱着眉头心里想果然是老板的低俗趣味。弯下腰闻了一下，一股腥味，立马厌恶地把被子扔开。从道镇进来这间屋子开始就闻到这股腥味儿，可能是由于下雨天，空气潮湿，再加上流通不畅才导致房间里充斥着这种腥味的吧。床的对面另一侧，靠墙有一个不是很大的橱柜。这几天吃住在这里，如果那老板不来打扰的话，道镇觉得倒也还差不多。本想先看下橱柜里做饭用具是否齐全，但是发现身上出了一身汗，再加上之前的雨水，浑身难受，忍受不住了，所以决定先去冲洗完再说。想到这，道镇立马从包里拿出带过来的洗漱用品。一边出门，一边又想浴室就在老板的办公室旁边，希望千万不要遇到他。

迅速冲洗完，道镇一边拿毛巾胡乱地擦着头一边回到房间。

一打开门，房间里那股腥味扑面而来，道镇立刻走到窗前，打开窗户，湿润的空气一下子涌进来，道镇觉得舒服了不少，迎面而来的湿润空气，道镇不由得又想是否这附近有个水库。

道镇把头发擦干，一屁股坐在床上，才发现天已经擦黑儿了。这种地方比城市里夜晚要来得早很多，也比城市里安静很多。这会儿四周静悄悄的，只剩下窗外叫不出名字的虫鸣声。道镇拿过行李包，里面装满了罐头、方便面等各种便利食品，挑了半天，才发现自己完全没有食欲，更不想做饭，就只掏出了一罐啤酒。食指拉开易拉罐，伴随着轻快的“嗤”的一声，啤酒沫涌出来，“咕咚咕咚”几口就喝个精光，食道里既冷又热，感觉很舒服。道镇长叹了一口气，突然想到一个问题“我来这里干吗来了？”想到这，扑哧一声笑了，自己现在是个杀人犯呢，这也算是忙中偷闲吧。说不定现在在熙的尸体已经被发现了，局里应该闹翻天了吧。也说不定真的就有人想到自己身上，自己现在就是嫌疑人，甚至于已经下了逮捕令，但是自己现在在这里，什么都不知道。

想到这里，道镇突然害怕起来，不禁打了一个寒战。这种感觉就像是自己身上绑着炸弹，而引火线就在煤气灶上面，不需要什么，只要一个手指轻轻地按下开关，就会引燃引火线，自己也就会被炸个粉身碎骨。道镇找出遥控器，轻轻按下红色开关按钮，打开电视，又拿出一罐啤酒，边喝边看。

房间里仅有的这台小型电视机已经老旧，画质并不好，但是看个新闻还并没有多大影响。电视里正播着“保护现在的自然环境就是保护我们子孙的生存条件……”荒诞不羁的公益广告。道镇看了一下时间，马上就到九点的整点新闻了。果然，意料之内，公益广告完了之后，新闻就开始了。今天的新闻并没有什么特别的内容。无非还是，物价上涨导致居民生活水平整体下降，引发恐慌；还有就是乘客与出租车司机发生冲突等每天都会上演的社会闹剧，道镇对这些完全不屑一顾。试想一下，一个警察杀了人，还能堂而皇之地出来度假，这样的新闻要是播出来，肯定会在这个物欲横流、金钱至上的社会引起一番波澜。道镇耐着性子看完新闻，关于在熙尸体被发现的新闻一点儿都没有，那就是到现在都还没有被发现吧。道镇甚至都没有想过，尸体已经被发现，但是并没有进行新闻报道的可能。因为道镇觉得这样的事情都不上新闻头条的话，完全不可能，太伤自尊。

看完新闻，道镇拿起手机在想要不要给宣雨申打个电话问问，不过也只是想了一下，立刻否决这种想法，不能没事儿给自己惹事儿。随手把手机仍在床头柜上，骂了一句“妈的！”也把自己扔在了床上。可能也是因为刚洗过澡，觉得浑身疲乏不堪。闭上眼睛，在熙死之前的样子立刻浮现在眼前，僵直的胳膊、充满恐惧的双眼，但是很快道镇便把这一切都抛之于脑外。夜渐渐深了，黑暗充斥着整个房间，道镇睡了过去。

房间内腥味儿依旧。

天亮了，一夜就这样过去了。

雨过之后，天气不错，心情也轻松愉悦，当然可能也是因为是出来度假的原因。道镇早上起床后准备收拾一下昨天买过来的食物，把它们全都放到橱柜里。本想就放在包里算了，但是又觉得找起来太麻烦，所以才决定全部清理一遍。

道镇从包里拿出玉米罐头，看了一眼碳水化合物含量和热量，又把它当玩具一样，抛高扔出去，再接住，自己都没有发觉这期间一直在轻哼着不成曲调的歌，边玩儿边打开橱柜的门。在门被打开的一瞬间，道镇嘴边的微笑凝住，眼睛一眨不眨，被眼前的景象惊呆了，盯着看了很长时间。下过雨之后的阳光比往日更加明媚，此刻这明媚的阳光穿过窗户正照耀在橱柜里这具像垃圾一样被扔着的尸体上。房间里的腥臭味更重了。

那具尸体被面朝里背对着外面放着，虽然看不到脸，但是单就从他穿着西装的背影也能推测出死者生前应该是个皮相不错的男人。“原来我和一具尸体待了一夜！”道镇自言自语道，觉得自己从脚趾到头顶整个神经都紧绷起来，胳膊上起了一层鸡皮疙瘩。但是却并不是一般人看到尸体那样的恐惧害怕，更多的是一种兴奋。那具尸体胳膊被畸形地朝后绑在一起，两手手指因为挣扎而扭曲着，两条腿也被向后曲折捆在一起，朝上蹬着。现在一束阳光正打在他的腿上，形成一种奇妙的美感，一种骇人心魄的美，至少道镇是这种感觉。

此刻，看着这具尸体，道镇心里甚至觉得微微有些妒忌。不知到底是谁竟然能将杀人做得这么艺术，把尸体放得这么充满美感，如果见了这个人，道镇觉得自己都会忍不住称赞几句的吧，也是因为道镇推测这个杀人犯应该是第一次杀人。死者的头部、背上有十多处伤口，而且都是招招致命的，可以想象应该是充满极大的仇恨的，死者当时很可能就是被活活打死的。死者死的时候处于自然状态，痛苦挣扎，才造就了这么完美的艺术品。道镇自己想象了许久当时的场面。对这死者到底是谁，到底是因为什么遭到这样的毒手并不好奇，倒是对这“艺术品”的创造者特别感兴趣。甚至想对造就这完美尸体的杀人犯说句谢谢。意识到自己刚才的想法，道镇不禁扬起嘴角笑了起来，越想越觉得兴奋，双手紧握着发出“嘎嘣嘎嘣”的响声。

道镇拿起扔在床上的手机，哼着歌，准备给宣雨申打个电话，告诉他现在的情况，让他帮忙申请由自己来负责处理这个案子。因为如果直接打112报警的话，那这个案子应该由当地的警察负责，自己就不能再插手了。而道镇现在却是想由自己来亲自处理这个案子，想亲自找出凶手，找出这个让自己感到钦佩羡慕甚至感到屈辱的凶手。

这是一个刺激的游戏，一个上天给自己的游戏。道镇感觉到自己全身的血液都因为兴奋而沸腾。

在即将按下呼叫键的那一刹那，道镇忽然想到不能给他打电话，立刻关掉了手机。刚才把这件事想得太简单了。杀人案件的第一发现者通常也都是第一嫌疑人，那么自己就要亲自去解释说明如何发现这具尸体的，自己的推测是什么。而现在自己和死者完全是什么关系都没有，此前更是从未接触过，要怎么说，该如何说，这些都是问题。

道镇可以发誓这具尸体并不是自己杀害的，可是，自己却又的的确确是个杀人犯。万一在处理这件案子的时候，在熙的尸体被发现，那么自己就更难脱身了，想想就觉得够心惊胆战，狼狈不堪。道镇一屁股坐在床上，凝视着那具尸体，表情有些复杂。

这具惨不忍睹的尸体一旦公布于世，那么必将会引起人们的广泛关注，成为公众的热点，越是恐怖的东西越能引起人们的好奇心，所有人肯定每天都会期待看到凶手的真面目。但是，现在是道镇发现了这具尸体，反而不能让他出现在大众视野内，否则自己也是岌岌可危。现在唯一的办法就是道镇亲自把这“艺术品”处理掉。

5

“让玄道镇抓紧过来！”大早上刚到上班时间，张舟浩就一脚踹开重案一组的门，一脸凶巴巴的表情。昨天一整天，张舟浩一直都是进进出出局长办公室，似乎是终于最终决定下来了，一大早就召集了所有重案一组成员。大家也都猜到应该是有什么重大的案子发生了。但是昨天明明张舟浩说了紧急预备道镇除外的，现在却又找他，难道案子大到必须道镇亲自来了？宣雨申有些担心地看着张舟浩，问道：“组长，有什么大案子吗？”

“呀！妈的！”宣雨申刚一开口,就被张舟浩大声骂了一句。正要出去的杨刑警也被这震耳的骂声吓着了,以为是在骂自己，缩了缩脖子，九十公斤的体重看起来颇为滑稽可笑。

“我不是叫你通知紧急预备了吗？你小子耳朵塞上屎了啊！给我紧急到哪儿去了？！”张舟浩朝宣雨申又骂了一句。

“尹京泰还没有抓到，得到情报说有人见过他，现在刚刚拿到举报人所说的地方的监控录像。”宣雨申解释道。

“从现在开始我们重案一组全部听从局长调遣，密切配合局长部署。尹京泰的案子转交给重案二组。”张舟浩宣布了新的命令。

“组长！”得知这个消息，宣雨申有些激动地站了起来。尹京泰的案子现在就只是时间问题，而且这次得到的情报很可靠，只要埋伏搜捕就可以顺利抓到他。现在要转交给二组，根本就是把到手的成果白白拱手让人。

张舟浩也清楚宣雨申抗议的原因，但既然是局长的命令，现在也无可奈何，只能安慰道：“人事考核的事以后再说，当警察不是为了政绩，是为人民服务。”

听到这句话，重案一组一片无奈的叹气声。宣雨申也意识到既然局长、组长都已经决定、下了命令了，再反对也无济于事，叹了口气，又坐下了。杨刑警有些不甘心地说了一句：“为了这个案子，我们都多久没有回家了，还有没有天理了？”

“我六天没回了！”张舟浩目光凶狠地看了他们一眼。

“这样下去，我们重案一组估计都要累死在这里了。”后面有人小声地议论道。

“放心，你们要是累死了，肯定会给你们上新闻头条，给你们老婆大笔抚恤金的。”张舟浩开了个玩笑。

“组长，到底是什么案子啊？”宣雨申问道。

张舟浩看了一眼宣雨申，有些沉重地开口：“是失踪案。”

“既然局长都亲自指示命令了，那肯定是个大人物了，是谁啊？不会又是局长夫人吧？难道局长又后院起火，火烧眉毛了？”杨刑警又开起了玩笑，所有人都被逗笑了。之前有过一次，局长夫人和司机出轨私奔，局长专门调集人手成立专门小组调查，这在局里可是所有人津津乐道的事。

尽管所有人都笑了，张舟浩的表情还是一点都没有变，紧绷着脸，在等大家笑完。宣雨申意识到了事情的严重性，悄悄示意大家安静下来。

“是新国家党金泰勋总裁失踪了。”张舟浩严肃地说。

重案一组火烧眉毛了。

第三章　追踪

1

道镇赤裸裸地面对尸体站着，腹部齐刷刷的六块肌肉，是自己一直都引以为傲的。黑黢黢的胯部欲望高耸，道镇整个人浑身布满汗水，沉浸在欲望宣泄的兴奋中。赤裸裸面对这一具已经开始腐败的尸体自慰，任谁看了都会认为这种事也只有神经病才能做得出来，此时道镇觉得自己就是一个疯子。下过雨之后的空气格外潮湿，房间里又门窗紧闭，道镇汗如雨下。因为担心那老板很有可能就在门口，尽管闷热，道镇也不得不紧闭门窗。

“咚咚”，传来几声敲门声。

正担心着会不会被人发现，突然传来敲门声，道镇一下子紧张起来。

“对不起，打扰一下。”老板的声音传进来。

道镇慌忙拿了条毛巾围在腰间，稍微开了条门缝，探出头。

幸好还没有把尸体从橱柜里搬出来，而且尸体腐败得还不是很严重，不进房间只在门口，还不容易察觉到尸臭味。道镇也担心老板再进来房间发现尸体，所以就仅围条毛巾开个门缝，老板看到自己这样，估计也能猜到不方便进来。果然老板看到这样的道镇，笑了笑没再要求进房间来。

“有什么事吗？”

“没有什么大事，就是我现在要出去一趟。”

“您要去哪儿？”

“有客人想要在这里办篝火晚会，昨天已经交过定金了，今天打电话要求给准备材料，所以我得亲自去买来。大约要出去一个小时，不，得要两个小时。”

这里只有老板一人，万一有事儿找老板，他不在会比较麻烦，所以老板才来通知一声。道镇觉得这是一个好机会，瞬间又想到了，第一次见老板时他手里拿的那把斧子。橱柜里虽然有一些为客人下厨准备的水果刀、菜刀等工具，可是要想肢解尸体，这些工具远远不够，最好有个锯之类的东西。道镇正苦恼着怎么找这些工具，机会来了。道镇笑着告诉老板不用担心，让他放心去买东西就行。老板得到了满意的答复，高兴地开车出发了。道镇关上门，透过窗户，看着老板开车上路，直到在视野中消失不见。

又等了几分钟，确定老板不会去而复返之后，道镇迅速去了老板的房间。道镇仔细回想记得老板当时是把斧子靠墙放着的，现在却没有看到，看样子是重新放起来了。幸好，找了一圈，在后面的小仓库里找到，拿回了自己的房间。

道镇看了看表，确认下时间，老板说他会在两个小时之后回来，但是也有可能会提前回来，所以必须在一个小时之内处理好所有的事情。肢解尸体最好是在浴室里，但是这里并没有单独的私人浴室，只有公共浴室，在那里的话，随时都有可能会有人进去，太危险了。在自己的房间里，就算是老板提前回来也还要敲门才能进来，在公共浴室的话，可就不是这样了。

回到房间，道镇立刻关好门，打开橱柜门，打算把尸体拖出来。刚一碰到尸体就感觉尸体上有一种完全迥异于这个世界的温度。“嘭”的一声，第一次尝试并没有成功，尸体被牢牢地塞在狭小的橱柜里，不容易拖出来。道镇铆足了力气，又试了一次，终于成功地把他拖出来，拖出来之后，直接面朝下扔在地上。虽然单看这身板就知道这人长得肯定还不赖，但是却不想看到他的脸。在此之前，很多次凶杀犯罪现场也都拒绝看死者的脸，就是怕看到死者的眼睛，因为道镇知道自己一旦看到死者的眼睛，就很有可能心软、下不去手。杀死在熙之后，一直不能忘掉当时的场面，或许也正是这个原因。

59

道镇蹲在地上，先用切肉的小刀把死者的手指一根根割下来。尸体已经开始腐败，这工作做起来并不难。之后，再用斧头把骨头一根根砍断。道镇一边做一边满足地感叹，房间里充斥着这种割肉切骨的声音和道镇的感叹声。

不一会儿，道镇就把手指全都割下来，只剩下光秃秃的手掌。道镇把割下来的手指堆在一起放着，以防自己不小心踢到。接下来要处理的是腿，先把这大块的解决了，其他地方再处理起来会容易很多。道镇打算先用刀把肉剔开，再用斧头把骨头砍断。虽然说用斧头直接砍可能会更快些，可是那样直接砍血肉会溅得到处都是，道镇觉得那种办法是很无知的办法，所以并不喜欢。这样先用刀剔掉肉，再用斧头砍，会做得比较干净利落。

不一会儿，道镇就开始有些生气了，因为他这样蹲着用刀，根本使不上力气，很大一会儿也没把一条腿上的肉剔干净，照这样下去，一整天也处理不完这具尸体。于是，道镇干脆坐在了地上，光溜溜地坐在地上肢解一具尸体！因为绝对不能让自己的衣服上沾上一点儿血迹，这项工作的核心重点就是怎么做才能让这件事和自己脱离关系，让别人不会怀疑到自己身上。道镇把尸体的一条腿往后弯曲使劲儿按着，继续做起来。

“One summer day, You must...”突然熟悉的手机铃声响起来，道镇不悦地皱起了眉头，倒不是因为这悠扬的铃声与现在的环境不相符，而是因为它打断了自己的注意力。道镇站起来，光着身子走到放手机的床头柜旁边，拿起手机一看，是宣雨申打来的电话。是在熙的尸体被发现了？想到这，道镇不由自主地有些紧张。

“喂？”道镇故作轻松地接起了电话，这个时候一定不能让他感觉到自己是在等这个电话。道镇边接电话，边慢悠悠地又走到尸体旁边坐了下来。刚才去拿手机走得急，不小心把一根手指踢到了一边，道镇又把它放回到那一堆里。

“前辈，组长让您立刻归队。”

“归队？”道镇又拿起刀继续刚才的事，这会儿就算在熙的尸体被发现了，也要先解决完眼前这件事。不是，在熙的尸体被发现了，才更要完美地处理好眼前这具尸体，否则还不如一开始就什么都不做。道镇边想自己的事，那边宣雨申的声音又传来。

“是的，所以您得抓紧时间回来了。”

“不是说我除外了吗？现在又要我归队？”虽然道镇装作毫不关心，什么都不知道的样子，但是，当时张舟浩进进出出局长办公室，自己也猜到了肯定是有什么重大案子了。但是，张舟浩还是让自己继续来度假了，现在又要求立刻归队，莫不是真的有什么大事发生了？

61

“是失踪案。”

听到宣雨申的回答，道镇“呵呵”地笑了出来，“你的意思是，现在让我马上归队，就是因为一个失踪案？”道镇的语气颇为不屑。失踪案，一天就有几十个的失踪案，四岁的孩子、高中模范生、好好工作的白领、八十岁的老奶奶……就像从来不曾存在于这个世界一样，神不知鬼不觉地失踪。失踪对于其家人来说可能会像天塌下来一样，是件大事，可是对于别人来说，确实每天都会上演的微不足道的小事。这就是“社会大家庭”的真实面目。对于一个刑警来说，失踪也是一件微不足道的小事。道镇这样笑着，却丝毫没有感觉到电话另一头宣雨申有一丁点儿的笑意，道镇这才感觉到了事态的严重性，不由得严肃起来。过了一会儿，宣雨申略微沉重地回答道，

“这次的失踪案件比较特殊……”

听到这，道镇放下刀，现在可以确定不是在熙的尸体被发现了，该高兴，但同时也感到不幸。“是什么大人物？”一边打电话，道镇又开始继续眼前的事儿。好像把他的裤子脱了，肢解起来会更方便些，但是得先把腰带解开。于是道镇一只手伸到尸体下面，打算把他反过来。

“是大国家党金泰勋总裁失踪了。”

“嗯，原来是这样。”道镇刚好把尸体反过来，一下子愣住了。

62

尸体西装上别着的徽章正是国会议员的徽章。道镇第一个想法是，原来和电视里出现的徽章是一样的；然后第二个想到的就是，不会这就是金泰勋吧？！

电话那头，宣雨申还在继续说个不停，道镇却一点儿都没有听进去。道镇现在急于证实自己的想法。

“我知道了，现在出门比较远，明天早上就去上班！”

“但是，前辈，组长……”

“说了明天回去！妈的……”道镇气冲冲地挂了电话，像疯了一样扑到尸体上，想找找看看有没有身份证之类的东西，当然，什么都没有找到。

“One summer day, You must…”电话又响了几次，道镇完全没有心情应付。响过之后，道镇拿起手机，上网，输入“金泰勋”之后，检索出两个人来，一个是中国的企业家，肯定不是这个。点开“政治家金泰勋”条目后，一张侧身45度凝视镜头的照片立刻弹出来，正是眼前这具尸体。“啪”的一声，手机从手里滑落掉在地上，电池也摔了出来。道镇无力地坐在地上。

“妈的！”一开始就应该装作什么都不知道，就不该插手这件事，道镇现在不禁开始后悔起来。但是无可奈何，还是得继续把它给处理掉。不多一会儿，“艺术品”就从房间里消失了，被破坏了的艺术品就不再是艺术品，就像人死了之后的尸体也不称为人一样，道镇把尸体处理得一干二净，就像从来不曾在这个房间里出现过一样，一切做得都很完美。

道镇坐在床上，看了一眼手表，下午 2 点 30 分，跟宣雨申约好了明天回去上班，现在出发回首尔，时间还绰绰有余。在这段时间里，道镇必须做好充足的准备。本来尸体一旦被发现，就该归堤川警察局负责，但是这次是政治家金泰勋，肯定不会交给他们调查，很有可能交给自己所在的松波警察局负责。这样自己就可以出面主动要求负责调查这件案子，到时候只要找出尸体就可以了，再找到凶手就可以交差。一旦在熙的尸体被发现，自己也可以由此继续要求负责处理。道镇起床打开冰箱门，拿出早就放进去的维生素水，“咕咚咕咚”喝了两口，冰凉的水进入到胃里，感觉整个人都冷静下来。

冷静下来后，道镇开始收拾行李。本来打算的是在这里住四天，钱都已经全部付过了，现在提前走，估计也不能要求退还剩下三天的房费了，其实道镇也根本就没打算要求老板返还，因为道镇一想到自己要和那老板说话就头疼，而且现在他对自己印象越浅越好。

“老板？”道镇突然停住了手里的动作，感觉背后一阵阴风吹过，脊背发凉，心脏怦怦跳起来，努力让自己镇定下来，开始仔细分析。环顾了房间一圈，这是度假区的房间，谁都可以来这里住宿，所以之前道镇以为那具尸体可能是道镇之前的那位房客的“杰作”，现在才发现事情并没有之前想得那么简单，那个想法是错误的。能进来这个房间的不仅仅只有前面的房客。

“老板！”道镇从牙缝里挤出两个字。

房客退房之后，下一个房客并不是直接就住进来的，在此之前还会有人进来打扫，而那个人就只有一个人——老板。来这个地方之后，发现这里只有老板一人，并没有其他员工。即使还有其他员工，那么能二十四小时都在这里的也仅仅只有老板一人。现在就只有两种情况：第一，老板睁一只眼闭一只眼；第二，凶手就是老板本人。

道镇眼里充满警戒地盯着房间门看了一眼，好像能透过门看到老板一样。

2

道镇整理行李的时候听到去市里买东西的老板回来，于是放下手中的活，出去，试图从老板那里套出点东西来。此时，道镇才想起来那老板名字叫李忠洙。

李忠洙正在池塘边喂鱼，水里的鱼熙熙攘攘地全都聚集在池子边，争相抢着吃鱼食，好不热闹。

“您吃过了吗？”

65

听到道镇的声音，老板回过头来，笑着说："我整天耗在这里，都是什么时候饿了什么时候吃点儿，没有什么固定的吃饭时间。这点倒还不如这些鱼了，它们都还按点儿喂食儿呢！"

道镇一直盯着老板的脸，试图从中发现一点儿隐藏在那笑容背后的东西。

"有件事想跟您说一下。"道镇装作为难的样子，又开口说。

"有什么事您尽管说。"

"是我的房间，在我入住前有没有打扫过？"

听到这话，李忠洙脸上出现了一丝慌乱。道镇没有放过这一点，怀疑他肯定看到过那件"艺术品"。

"前一位客人把房间保持得很干净整洁，退房后只是简单地收拾了一下。怎么了？有什么地方没有收拾到吗？"

"当然，客人退房后不应该从里到外都仔仔细细清扫一遍吗？从餐具到橱柜！"

老板没有说话，道镇又接着问道：

"那是您亲自打扫房间？"

"大部分都是我亲自打扫的，偶尔也会雇小时工过来帮忙，这次是小时工打扫的。"

道镇听到这回答，不由自主地脱口而出："不是他！"

"嗯？"听到道镇不对头的话 ，老板瞪着眼睛，一下子愣住了。

看到老板这反应，道镇“扑哧”笑了出来。自己刚才这是在乱想什么，像老板这样的头脑呆愣的人怎么可能做出那么完美的艺术品！自己竟然会以为他就是那“艺术家”，真是愚蠢至极！

“嗯……您有什么不满意的地方？”

“不是，没有。”道镇笑了笑，“就是有些好奇而已，您继续喂鱼吧。”又看了一眼老板呆愣的脸，道镇转身打算回房间，心里想着，他大概这辈子也不会想到自己刚才在想什么吧。

“有需要的您尽管开口。”背后老板又说道，道镇什么都没说，抬脚走了两步，又听到老板嘀嘀咕咕地说了句“那浑蛋又留下什么乱七八糟的东西了吧！”道镇像触电了一样，一下子瞪大了眼睛，缓缓地转过身：“您刚才说什么？”

“啊？哦，没事儿。”李忠洙摆了摆手，朝办公室走去，道镇跟在他身后。

道镇推测刚才李忠洙嘴里的“浑蛋”应该就是在自己之前住过那个房间的客人。而且自己刚来的时候，老板让自己登记过，那么之前的客人肯定也都登记过，通过那个登记簿很有可能就能找到他。幸运的话，可能连他的联系方式、住址都能找到，如果他登记的都是真实信息的话。

67

但是，道镇一开口就被老板拒绝："登记的都是个人信息，不能随便泄露客人的信息，那可是违法的。"

"有很重要的事，必须看一下。"

"不可以。"李忠洙还是干脆地拒绝。

李忠洙的拒绝有些惹怒了道镇，道镇拳头紧握，额上青筋毕露，真想用暴力来直接解决问题。但是，没办法，道真还是不得不一点点地把火气压下去，这个时候还是多一事不如少一事的好。于是，道镇向李忠洙出示了自己的警察证。李忠洙惊讶地看着道镇，道镇冷笑着又说道：

"其实，昨天我在房间里发现了不寻常的东西。"

"是……什么？"

"白色的粉末。"

"白色的粉末，那不就是，就是……！"

"嘘！"道镇示意他不要说出来，"本来我就是来度假的，但是发现了那种东西就不能袖手旁观了。所以，把登记簿给我吧，这也算是公务调查，就不存在违法一说了。"

道镇向李忠洙伸手要登记簿，李忠洙嘴唇颤抖着，似乎还想说点儿什么，最终什么都没说，无奈地把登记簿拿出来扔在了桌上。道镇冷笑了一声，对他的态度有些生气。

"登记的时候看过他的身份证吗？"

“谁会信身份证这东西？电影里不都有吗？谁都知道那些东西都可以造假！”

“嗯，也是。”道镇点了点头，意识到他可能也在怀疑自己的警察证的真假。又拿出钱包，抽出三张十万的票子，塞到了李忠洙的上衣口袋里，“不会有什么问题的。”

李忠洙皱着眉头，紧咬着颤抖着的下唇，盯着道镇看了看，好像又想起了什么，越过道镇要出去，似乎是在维护自己的自尊心。

“干吗？你要去哪儿？”

李忠洙回头：“如果在我不知道的情况下你看了登记簿，那我就不用负责了吧！”说完径直走出了办公室，还顺手把门给关上了。

道镇感到有些无语，摇了摇头，开始翻看登记簿。和猜测的一样，根据上面留的电话号码，打过去就只有单调的“您所拨打的号码不存在……”应该是制造了那件“艺术品”之后马上注销了手机号。虽然道镇一开始就预想到会是这样的结果，但还是打过去试了一下，这样看来，住址和姓名也应该都是假的了。但也不是一无所获，正所谓“雁过留声”，还是找到了一些蛛丝马迹。至少知道了比较重要的一点，这位“艺术家”是没有预约直接过来住的，并在第二天一大早就退房，退房的日子正是自己到这里的两天前。道镇放下账本，觉得花三十万就买来这一点儿线索，有些不值，于是走出办公室，打算再问问李忠洙，看能不能再找到些其他线索。

坐在门口台阶上的李忠洙听到道镇出来，不满地问了一句：“都看完了？”

“您这是怕我把登记簿偷走了，在这儿守着哪？”道镇故意说道。

李忠洙笑了笑，说：“我什么都不知道。”

“你那会儿说‘那浑蛋又留下什么乱七八糟的东西了吧’？”

李忠洙看着道镇什么都没说。

“你的意思是他退房后是你打扫的？又或者是他退房后又回来过？”说完，道镇感到有一点紧张，期待着李忠洙的回答。

“是又回来过，说有东西落下了。”李忠洙在道镇的要求下详细地说了那天的事。

在道镇来之前的前一天，也就是他退房后的第二天，又回来说有东西落在了房间里，要了钥匙，大概五到十分钟就还回来了，当时李忠洙正在喂鱼。那么很有可能就在那几分钟里他把那“艺术品”放进了房间里。

“再跟你说一句，不管是白粉还是调查，一切就到这里为止，不要再跟别人说这些事了。”李忠洙听到这看着道镇，似乎还想说什么，道镇没有给他机会，继续说道，“这件事并不是由一般的警察负责，绝对不能跟别人说。”

李忠洙瞪大了眼睛，又想到了什么，贴着道镇的耳朵悄声说：“是CIA？”

道镇心想他肯定是电影看多了，但还是没承认也没否认，装作什么都不要知道的样子。

“问你最后一个问题。”既然花了三十万，就不能做亏本的买卖，这就是道镇的经营法则。

李忠洙站了起来，黑色的裤子上，坐在地上沾了一屁股灰尘，连掸一下都没有，盯着道镇抗议似的说：“你不能再这样了！”

“没什么困难的问题，也不违法。”

“那是？”李忠洙也意识到自己一味地拒绝也没用，只是有些厌烦地踢着地面。

“那人长什么样？穿着有什么特征？”

李忠洙皱着眉告诉道镇，一个人来这种地方的男的，都一个样，遮住脸的帽子，宽大的登山装。

“你就大概描述一下就行。”

李忠洙又说根本没有什么特别的印象，那人个子不算高，不胖也不瘦，帽子把脸遮了个大半，就只露出个棱角分明的下巴，皮肤黑黢黢的，现在他摘掉帽子站在自己面前，都不一定能认出来。

“嗯，那就这样吧。”道镇颇为失望，这样的男的到处都是，不出三十分钟就能找出几十个来，根本没有任何线索，还是走吧。虽然很想亲手抓到这个“艺术家”，但就现在掌握的线索来看，根本就是天方夜谭。

“啊，对了，”李忠洙又想起了什么，继续说，“他的大拇指，大拇指上好像涂了指甲油。”

“嗯？”道镇有些不敢置信，一个大男人涂指甲油，完全不可思议的事，就像一个身材魁梧的男人穿着高跟鞋招摇过市一样，很难让人相信。

“就大拇指上，好像是这样的……当时我让他登记的时候注意到的。”李忠洙想到了这一点，似乎感觉自己勉强找到了自尊，大声说，那样子像是自己对得起道镇给的那三十万一样。

道镇又想起了那件“艺术品”。奇特姿势的尸体，把尸体藏在这里的男人，遮住大半张脸的帽子，棱角分明的下巴，假的姓名和住址……还有指甲油，这一切之间到底有什么联系？难道是个变态？

3

道镇回到家已经过了凌晨十二点。回来的路上路过休息站，虽然很饿，但是却没在那儿吃东西，买了罐咖啡，仔仔细细擦干净之后，才勉强喝了两口。回到首尔后，才又找了家干净的日料小店填饱了肚子，又喝了杯意式浓缩咖啡，才开车回家去。

一想到明天就又要回局里上班，开始忙得团团转的生活，道镇心烦意乱，但是却没有办法。按照宣雨申的说法，重案一组接手了金泰勋失踪案，并要求全员出动，那自己也就没办法推辞不去上班了。

道镇脱了身上的衣服，换了家居服，去浴室洗澡，即使自己一个人在家也不喜欢裸着到处走。道镇洗过头，角角落落洗了个彻底之后，又穿上衣服，来到了客厅。拿出遥控器，打开灯，又开了音响，瞬间房间里响起悠扬的乐曲声，钢琴王子李斯特最著名的曲子——《爱之梦》，道镇最喜欢的曲子之一。道镇仰靠在沙发上，想放松一下自己。闭上眼睛，听着音乐，不禁想到了自己，自己有梦想吗？当初成为警察也不过是因为并没有其他什么特别想要从事的职业，反正做什么都无所谓，结果稀里糊涂地就成了警察。父母对自己的职业也并没有多大的期待，他们甚至觉得这和他们自己没有多大的关系，其实，道镇也是，根本不在乎父母到底怎么想，对父母也是漠不关心，他们关系一直很疏远。现在做了这么多年警察，倒也觉得警察也不错，挺符合自己的性子，很多残忍的案子反倒是给自己带来很多乐趣。

“叮咚，叮咚……”忽然传来的门铃声打断了道镇的思绪，从可视门铃屏幕上看到是一个五十岁左右的中年女人，相貌倒有些熟悉，印象里见过几次，而且穿着很随意，应该是这栋公寓里的其他住户。

“您是哪位？”

“我是隔壁的。”话筒里传来的那女人的声音有些粗粝。

“有什么事吗？”

那女人却不说话了，紧闭着嘴巴，像是在无言地命令道镇开门。道镇只好开门。

门一开，那女人立刻往屋里打量。

“您有什么事吗？”道镇有些不悦地又问。

“声音太大了？”

“嗯？”道镇问出口之后，才意识到她说的是音乐声音太大了，已经凌晨一点多，现在放着的又是贝多芬的《命运交响曲》，确实会打扰到别人。

那女人气势汹汹地站在那里，等道镇向她道歉。

“啊，真对不起。一直习惯回来就放点儿音乐，没意识到已经这么晚了，抱歉打扰您休息了。”道镇真诚地道了歉，那女人脸上的表情这才缓和了些。看来真的是不管是年纪大的还是年轻的，对男的一般都没有多少抵抗力，尤其是年轻俊秀的男人。道镇又接着说道：“这么晚了，还让您又出来一趟，真是对不起。”边说还鞠了一个躬。

看到道镇这样道歉，那女人反倒有些不好意思了，连忙摆手说道：“没事，也没什么大事。”

“我以后一定会注意的。”

“你这小伙子，年纪轻轻的还这么有礼貌，我反倒有些过意不去了，以后稍微注意下就行了。”

“是，以后一定注意。”

“嗯，那我就先走了。”

“您慢走。”

那女人笑眯眯地看了看道镇，看得出她对道镇印象还不错。直到那女人回到隔壁，听到门落锁的声音，道镇才回到自己家，边锁门，边想自己今天还是个好邻居，不由得笑了笑。

第四章　诡异

1

短暂的休息之后，道镇一大早就上班了。

一大早重案一组就召集所有队员开会，会议室里弥漫着一股紧张的气氛，长长的会议桌前刑警个个面色凝重，道镇坐在他们中间，这会儿竟然都没有想起在堤川所发生的事。

过了一会儿张舟浩才进会议室，所有刑警立刻站起来列队行礼，张舟浩回礼，点头示意大家坐下。

“大家都知道，我们重案组接受了金泰勋的案子，”张舟浩刚一开口，刑警们就开始悄声嘀咕起来，“这个案子事关重大，高层领导都很重视，所以大家一定要谨慎行动，所有事都必须向我汇报请示。”

“是。”14 名刑警整齐一致地回道。

“金泰勋的家人和新国家党的高层都要进行 24 小时秘密保护。”

“是。”

“这件事就由金警官和独孤警官负责。”

“是。”

“对新国家党内金泰勋的同事以及金泰勋的家人也要进行调查。”也就是说，要先确定金泰勋是不是遭遇仇人报复。就以往的经验来看，凡是政界人士牵扯进的案子，一般就两种情况，一是仇家报复，另一个就是谋财。这项调查工作要把当事人的所有人际关系一条条理清，并不是件简单的事。所以这次把调查小组分成了两个，一个负责和金泰勋身边的人进行面谈，另一个负责调查金泰勋失踪前的所有行踪。杨警官被安排负责调查行踪，道镇本以为自己会和他一起负责调查行踪，没想到却是另有安排。

“玄道镇、宣雨申跟我一起行动。”

“啊？”张舟浩刚宣布完，就立刻听到了宣雨申惊讶的质疑声。但是，张舟浩却完全没有再重复一遍命令的心思，也没有再考虑一次重新决定的意思。其实，道镇也感到很不可思议，在此之前，张舟浩从来都没有安排自己和他一组过，这次突然这样安排，道镇也想不通这只老狐狸为什么会这样。

会议室里除了张舟浩、玄道镇、宣雨申，其他人都兴致勃勃地看着他们三个人，心里都在想不知道道镇、张舟浩这两头大鲸鱼之间谁会先掐住对方的脖子，而宣雨申就像夹在两头鲸鱼之间的小虾米，随时都有可能被其中的一方吞掉。其他人心里也在暗暗窃喜，自己是没有夹在两头鲸鱼之间的小虾米。

道镇用脚踢了踢坐在对面的宣雨申的椅子，宣雨申抬头看他，这会儿道镇的眼神就是要吃了自己的眼神，宣雨申吓得打了一个激灵。道镇抬头用下巴指了指张舟浩，压低声音向宣雨申问道："这是怎么回事？"宣雨申对这个决定也是很惊讶，做梦都没有想到过会和这两个前辈在同一个组里工作，这会儿却在现实生活里发生了。宣雨申偷偷看了看张舟浩，悄悄趴在桌子上，压低声音小心地回答："组长下的决定，我也不知道怎么回事。"宣雨申愁眉苦脸的样子，让道镇皱着眉头，转头直接无视他。道镇看着张舟浩，从一开始，道镇就对张舟浩大大小小的所有事都不满意，张舟浩也是同样一直看不惯道镇，两人心里也都清楚，现在却这样安排，到底是为了什么？难道是有什么阴谋？

"啪！"一个黑色的笔记本出现在道镇眼前，道镇抬头，发现张舟浩走过来一屁股坐在了自己旁边。

"休假回来了？"

休假，仅仅两天算什么休假？明明知道自己难得休假，却在中途被急召回来，现在又故意这样问，到底是什么意思？虽然很生气，道镇还是硬着头皮回道：“是。”

“嗯。”

道镇心里的火噌一下子又上来，紧紧闭着嘴巴，似乎一开口说话就立刻会和张舟浩打起来一样。会议室里突然一股诡异静谧，对面宣雨申看着剑拔弩张的两人，焦躁不安，却不知道该怎么劝阻两人。幸好杨警官打破了沉默。

“组长，”杨警官一开口就吸引了张舟浩和道镇的注意，这才意识到自己这个时候插话有些不合时宜，尴尬地笑了笑，“组长你之前安排调查金泰勋失踪当日的行踪……”在今天的会议之前，张舟浩就安排杨警官去调查金泰勋当日的行踪，他认为有必要在今天的会议上向大家汇报一下。

“嗯，你简单汇报一下吧。”张舟浩干咳了两声，示意大家继续开会。

“25 号下午，金泰勋和新国家党成员一起吃过晚餐之后，本来应该是和秘书、司机一起离开，但是那天却比较特殊，自己开车走了。”

道镇听到这儿陷入了自己的思绪。25 号，正是“艺术家”去旅馆的前一天。25 号，金泰勋要去见“艺术家”，所以没有和秘书同行，而是自己开车去见面，却被杀死，然后在 26 号早上被移尸到了旅馆。

79

“在那之后就联系不到了？”宣雨申问道。

“晚餐结束离开后大约一个小时，给妻子发了条短息，说自己很快就回去，之后就再也联系不到了。根据调查结果显示，在两个小时之后，只有他的车出现在汉江附近的一个停车场。”

确实是很有意思的失踪案，道镇抓住杨警官汇报的要点记下来，道镇觉得自己很久都没有感受到这种快感了，越来越感觉到这案子深入调查下去会越来越惊心动魄，惊心动魄地一点点拨开事实真相。

杨警官一汇报完，张舟浩就开始安排任务：“当天的行踪到此就没了，宣警官，你立刻去对金泰勋的手机进行位置追踪。”

“是。”

道镇“扑哧”一声笑了出来，张舟浩冷冷地看着道镇。

“根本没必要追踪，难道绑架犯会带着手机让你找到？”道镇嘲笑张舟浩忽略了最基本的常识，有点儿肆无忌惮地笑着。本以为张舟浩会反驳，但他却什么都没说，沉默了一会儿，又盯着道镇，像是要找出隐藏的秘密一样。

“也可能不是绑架。”张舟浩面无表情地说道。按照张舟浩的说法，失踪并不一定是被绑架，还会有其他的很多可能。道镇这才意识到自己失算了，一直想着让张舟浩出丑，倒是自己没有考虑周全。

“那也可能是心情不好，离家出走，很有可能不带手机。”

“这件案子会有那么单纯？”

张舟浩反问了一句，道镇立刻闭口不言。张舟浩有些不屑地看了道镇一眼，转头朝宣雨申说道：“立刻进行位置追踪。”

“是。”宣雨申立刻站起来。

“需要多长时间？”

“给我三十分钟。”宣雨申立刻离开会议室去执行任务。

宣雨申离开后，张舟浩立刻宣布会议结束，其他刑警也都各自离开会议室去执行自己的任务，会议室里只剩张舟浩和道镇两个人，这会儿会议室里的表走针的声音倒是格外大了。张舟浩一直在低头写什么东西，道镇觉得尴尬不已，坐在这里浑身都不自在。早知道这样，刚才就应该和宣雨申一起出去了，这样坐着每一分每一秒都是煎熬，无聊还不自在。喝了两杯咖啡，上了一次厕所之后，宣雨申还是没有回来。豪言壮语地夸下海口说三十分钟之内一定回来，结果过了四十五分钟才回来，敲了敲门就立刻推门进来。

“位置追踪结果出来了，在38号国道附近，堤川方向。”

道镇立刻反射一样站起来，心里疑虑：怎么会这样？

宣雨申开着车朝堤川方向无视速度限制，一路飞驰，张舟浩坐在后座上打着呼噜睡得正香，道镇坐在副驾驶座上陷入了沉思，追踪结果太出乎意料了。道镇怎么都想不通，为什么能够追踪到手机位置。勉强解释为凶手忘了手机这回事，拖金泰勋的时候不小心遗落在什么地方了。用假名、假联系方式住宿一晚，在退房之后再把尸体藏回去，然后被下一个房客发现，就像电影剧本一样，做得这样百密无一疏的“艺术家”怎么会疏忽了手机位置追踪这个问题？难道是故意想让警察找到？到底是什么原因？这么做对凶手到底会有什么好处？

“前辈！”

“啊？”道镇被吓了一跳，立刻警戒似的坐直，反倒把宣雨申吓了一跳。

“您在想什么？这么入迷。”

“啊？哦，没什么，刚刚去休假回来，心思还没有收回来，怎么了？有什么事？”道镇随口瞎编了个理由。

“都宣布要参加大选的人不会无缘无故藏起来吧？”

“嗯，应该不会。”

“我怎么想都觉得这个案子不简单。现在正是国会议员最忙碌的时候，正是选举成为市长的紧要关头，会是什么原因要来堤川呢？在堤川又没有什么亲戚朋友。”

“谁知道呢。”道镇漫不经心地回答。现在才刚开始调查，很多种假设情况都还没有排除，一天之后，快的话今天之内，应该就能锁定在绑架杀人上了吧。之后再查到凶手，找到尸体，这就意味着自己必须注意不能被发现自己就是那个肢解尸体的人。无论如何，自己都要亲手抓住“艺术家”。道镇觉得自己心情挺复杂的，一方面想要亲手抓到凶手，另一方面又不想凶手被逮捕。

“前辈，假设说，只是假设啊。”宣雨申小声地说，“假设金泰勋是被绑架了，如果前辈你是凶手，你会怎么做呢？”

“当然是杀死了。”道镇随口说道。

“那金泰勋很有可能已经死了？”

“可能吧。”道镇笑了笑，转头看向窗外。

道镇很久之后才意识到，“当然是要钱了。”才是一般人的答案，这个时候根本没有意识到自己的回答不是普通的答案，当然也不知道坐在后座上的张舟浩听到他的回答后，悄悄睁开眼睛看着他。

2

车一停，张舟浩就叫嚷着一路被颠簸得浑身疼立马下车了，先下车的宣雨申就不停地感叹，“组长，这儿太壮观了！”眼前的芦苇丛一望无际，高达成年男子的身高。旁边一个指示牌上写着当年吸引了 700 万观众的电影就是在这里取景拍摄的。

83

“我们可不是来玩儿的。”张舟浩语气有些不悦，冷冷地环视周围。一阵风吹过，芦苇丛随着风倾斜，一阵悦耳的声音响起。这儿静谧无人，芦苇丛又遮挡了一切，确实像一个作案的场所。

“必须得找出手机吧。”道镇下车走到张舟浩旁边，但是却始终没有看他一眼，张舟浩也是，对道镇视如无睹，两人虽然在说话，却都是眼睛在看着别的地方。

“因为只有找到手机才能确定通话记录。”

“我们要亲自找吗？”宣雨申问了一句。

“你脑子热傻了啊？”张舟浩毫不留情地骂了一句。

“去请附近的派出所来帮忙吧。”道镇说道。

“是。”宣雨申笑着回答，立刻跑到车上拿手机。

“你小子倒挺聪明。”张舟浩笑了笑说。道镇虽然不确定张舟浩有没有在看他，脸上的表情还是一丝不变。

“我当你是夸我的。”

“嗯。”

一个多小时之后，附近派出所所长才带人过来。所有人脸上都是一副不乐意的表情。也是，在这种地方工作，本来就是闲职，突然有事让他们过来，自然会不乐意。金泰勋的手机在位置追踪之后好像就没电自动关机了，现在没有办法追踪，所以只能展开拉网式搜索。

在张舟浩与派出所所长交谈的时候，道镇先看了看附近的大概情况。第一次来这里的时候，是个大雨天，并没有留意到周围的环境，径直开车去了汽车旅馆。现在再看周围，原来这里距离旅馆并不远，在这里就能看到旅馆“意外”的招牌。

“我们先去周围找人问一下，看有没有人见过。金泰勋的照片你们都带了吧？”张舟浩向道镇和宣雨申说道。

“是。”宣雨申大声回答，道镇只是扬了扬手里的照片。

“我从这往下走，去问下面那几家村民，组长和宣警官往上走，问那边几家村民和那家旅店吧。”道镇提议。

“嗯？”张舟浩一边看着周围的情况，一边在考虑道镇的提议。道镇有些紧张地等着他的回答。绝不能让他们知道自己去过意外旅馆，旅馆老板肯定能认出自己来，虽然给过他钱让他保密。但现在又来调查，就很难保证那老板不会说出来。现在最好是自己不去旅店。

“行，就这样吧。”

张舟浩的回答让道镇一颗悬着的心放到肚子里了，嘴角不由得上扬。

“走吧，宣雨申。”张舟浩和宣雨申朝旅店方向走去，道镇转身朝反方向走去，心里一边在祈祷千万别让他俩查出什么来。

一点儿线索都没有找到。所有问过的人都说没有见过，不认识这个人。刚开始的时候，还会再让他们确认一次到底有没有见过，几次过后，宣雨申便失去了耐心，问一遍说没见过就放弃了。又累又热，还不得不一家家地进去，一个人一个人地问，而且还要不断地爬坡。这会儿宣雨申开始后悔起来，刚才道镇提议的时候，自己为什么不阻止张舟浩同意。

宣雨申气喘吁吁地走到了“意外”旅店入口，抬头看了看挂在大树上的招牌，沿着两侧树木茂盛的小路走不远就是旅店。

“组长。”

“怎么了？”

“最后一个了。”

“我知道。”

“前面几家村民我都一一问过了，什么线索都没有，这里估计也不会找到什么吧？”

张舟浩停下来，弯下腰，两手撑着膝盖，“吁哧吁哧”地大喘了一会儿，才又站起来，说道：“你小子继续跟我进去问！”说完朝里走去，宣雨申绝望地跟上他。

老板李忠洙正在打扫院子，最近几天一直都没有客人来住。这家旅店的幕后大老板其实还另有其人，李忠洙只是被雇用到这里来的。这位幕后大老板是首尔人，据说家底殷实，所以一直也不在乎这旅店到底赚不赚钱。李忠洙在这里工作也就毫无压力，不用担心不赚钱，只是每个月拿着自己的固定工资，倒也清闲。只是家里还有老婆孩子，每个月的工资也仅够家里的花销，自己甚至连买包烟的钱都有些捉襟见肘。所以之前因为白粉的事，拿钱收买自己的时候想了一下也就接受了。当时也觉得反正他是警察，应该不会有什么大问题。但是他走后越想越觉得有些担心，万一他也是骗自己的呢？会不会因此被拉下水？李忠洙越想越不安，正想着，看到入口处走来两个人。

“欢迎光临。”李忠洙把扫把靠墙放好，尽量不动声色地向宣雨申和张舟浩打招呼，同时打量着两人。一个个子虽然稍微矮点儿，但是长得很是精悍，穿着一身卡其色的衣服，另一个个子高一些，脸很白。

“我们是警察。”个子高一些的出示了工做证，李忠洙看了一眼，松波警察局的宣雨申。张舟浩直接自我介绍说自己是松波警察局的重案组组长。

张舟浩拿出金泰勋的照片给李忠洙看:“我们正在找这个人。”

李忠洙接过照片，照片上的男人脸很宽，粗粗的脖子上满是赘肉，不是弄白粉那小子。李忠洙心这才放下来，脸上表情也放松了下来。

87

“见过这个人吗？”宣雨申问。

“见过。”

听了这话，宣雨申脸上一下子亮了起来，有些兴奋地又问了一遍“你真的见过？”这反倒把李忠洙有些给搞糊涂了，“每天电视新闻里不都出来吗？最近不是报道说他明天会参加大选吗？”

“不是电视，是问你有没有见过他本人。”张舟浩有些失望地问。

李忠洙又看了看照片，确定自己除了在电视新闻里，真的没有见过他本人。这样的大人物根本就不可能在这穷乡僻壤的地方见到，李忠洙摇了摇头。

宣雨申叹了一口气，似乎早就料到会是这样，朝张舟浩无奈地耸了耸肩。张舟浩皱着眉头打量着旅馆里里外外，直径朝前院走过去，走到头就是悬崖，下面是一望无际的芦苇丛，房子都是依山而建。

“组长？”宣雨申有些疑惑地问了一句。

“走吧。”张舟浩似乎已经放弃了。

看着张舟浩的背影，李忠洙这才想到从他们进来到现在一句都没有提到过白粉的问题，而是在找人，无意识地嘀咕了一句“没想到这小地方的事还挺多的。”

瞬间，张舟浩停下脚步，缓缓地转身盯着李忠洙：“你刚才说什么？”

“啊？”李忠洙有些慌乱，甚至在想要不要坦白白粉的事，但又想到没必要没事儿给自己找事，只好敷衍道：“没有没有，我就是在自言自语。”

尽管看出来李忠洙明显的是在敷衍，张舟浩还是转身朝旅馆外面走去。

3

道镇沿着另一个方向一家一户地询问，和张舟浩那边一样，也都是说没有见过。这样道镇就确定了金泰勋应该并不是自己来这里的。于是道镇回到停车的地方，正在犹豫要不要去旅馆看一看，就看到宣雨申从旅馆出来，正往这边走来，但是却并没有看到张舟浩。

“你已经回来了呀。”宣雨申走过来问了一句。

“嗯，可能是因为白天吧，很多人都不在家。怎么样？你们那边有什么结果吗？”道镇原本靠着车子正在休息，这会儿站了起来。

宣雨申摇了摇头：“一家一户地都问过了，25 号那天都没有什么印象特别深的事，可能是因为旅店附近车来车往的也都不足为怪了吧，也没人见过金泰勋。”

“我这边也是这样。”

宣雨申一副早就料到会是这种结果的表情，伸长脖子朝旅店方向望去，还是没看到张舟浩出来。

“组长去哪儿了？”道镇自己都没有意识到，问这话时自己是小心翼翼的语气。

宣雨申指了指“意外”旅店，“那边有家叫‘意外’的汽车旅馆，组长说他要再问那老板几个问题，我就先回来了。”

“啊？”道镇一下子紧张起来，心里就像被一块大石头撞击了一样，心跳加速，还要努力维持脸上平静，尽量不让宣雨申发现自己有什么异常。

道镇这会儿心思全在张舟浩会问李忠洙什么问题上了。道镇自己可以想象得到，之前自己说在旅馆里发现了白粉，并用钱收买了李忠洙，虽然看似事情似乎已经过去了，但是他心里肯定还是会担心会不会再出什么岔子。这个时候，正巧又有张舟浩和宣雨申过去调查案子，李忠洙一开始肯定会猜测是不是白粉的问题，会不会牵扯到自己。但是，张舟浩拿出的是金泰勋总裁的照片，问他有没有见过他，李忠洙会说自己见过，自然张舟浩会很惊讶，继续追问，李忠洙会解释说自己在电视新闻里见过他，像他这种大人物在这种穷乡僻壤的地方是不可能会见到的。张舟浩肯定会失望地离开的。至此，道镇全都能猜测得到，可是张舟浩为什么又回去，到底是什么地方出了问题，张舟浩又发现了什么蛛丝马迹?

“他说要问什么了吗？还是又发现了什么？”

“本来我们都已经往回走了，那老板自己嘀咕了一句‘没想到这小地方的事还挺多的’，我听了倒也没觉得有什么，可是组长又回去要问清楚。”

听了宣雨申的话，道镇心里更加不安了，甚至想冲过去听听他俩到底又说了什么。心里不断地在做各种猜测，还有极力掩饰自己内心的不安。

“这地方也没什么比较特别的呀，不知道还能问出些什么来。”什么都不知道的宣雨申嘴上这么说，脸上却也并没有多少期待。

不一会儿，听到动静儿，是张舟浩回来了。他低着头边走边在想些什么，道镇盯着张舟浩，试图从他脸上发现点儿什么不寻常的东西。

“您又问出什么了吗？”宣雨申问了一句。

张舟浩听到，抬起头来，却突然直直地看着道镇：“什么都没发现，房间里、旅馆附近都没有可疑的，老板也说自己没发现有什么不寻常。”

91

明明是在回答宣雨申的问题，道镇却觉得张舟浩这些话都是故意说给自己听的。

“我就知道会是这样，那我们就先去吃饭，然后直接回首尔吧。”宣雨申提议。似乎宣雨申并没有发现什么异常，但是道镇却觉得张舟浩跟平时有些不一样，像是发现了什么很惊人的事实一样，可是到底是什么，道镇却不得而知。

一行三人各怀心思，一起去找小餐馆准备先填饱肚子。

果真什么都没有发现吗？道镇心里还是很怀疑，虽然宣雨申问过了，张舟浩也说并没有发现什么可疑的东西，可是道镇却怎么也放心不下来。

小村落里幽静无声，并不是死亡的沉静，倒像是一切都沉睡了，在沉睡中等待外来的声音叫醒他们，待外来人用钱来叫醒他们。道镇倒是对这样以金钱至上的地方颇为满意。

“呀！到底哪儿有餐馆？”走在道镇后面几步的宣雨申有些不耐烦了。

也是，已经走了二十多分钟了，而且已经过了午餐时间很久了，饿着肚子走二十多分钟，确实让人受不了。道镇完全没有食欲，倒也还好，但是宣雨申已经是一副快要饿死的表情了。明明刚才问过路过的一个大妈，她说往前走不远就有一家米肠汤店的，这个“不远”，现在走了二十多分钟了竟然还没有到。

“那大妈不是说有什么桥的吗，再往前走走看吧！”张舟浩也渐渐地有些不耐烦了。

“早知道这样，我们应该开车下来的。”宣雨申甚至连说话都有些没有力气了。

听到张舟浩说到桥，道镇这才想起来，自己第一次来这里的时候的确是经过一座老旧的桥，桥头右侧好像是有一家小餐馆。看到这样有些小孩子气的宣雨申，道镇不禁笑了，安慰他让他再等一会儿，马上就到了。

走到岔路口处，道镇很自然地朝着右侧窄窄的羊肠小道走过去，突然心里“咯噔”一下，情不自禁地“唉”了一声。道镇意识到自己的问题。如果是第一次来这里的人，肯定会一直沿着原来的路走下去，不太可能会选择走这条小路的。道镇安慰自己，没事没事，可能是自己太敏感了，这样的小漏洞很难被人发现的，自己只要自然一点儿，不会被注意到的，应该不会有什么事的。道镇努力维持最自然的表情，像平常人一样，笑着回过头来。可是，回过头来的一瞬间，道镇有些愣住了，张舟浩正盯着自己看，眼神让人有些毛骨悚然。

小餐馆里。

因为早就已经过了午饭时间，小餐馆里冷冷清清的，没有其他客人。张舟浩一进来，连问都没有问，就直接点了三碗鲜血醒酒汤。宣雨申确实是饿坏了，小盘装的泡菜一上来，就迫不及待地吃了个精光。道镇只是拿起杯子喝了两口水，看着这样的宣雨申，心里不禁感叹，还是什么都不知道的人最好。

道镇又想起了刚才张舟浩的那个眼神。到底是什么意思？如果他真的什么都没有发现的话，肯定不可能用那种眼神看自己的，刚才自己“唉”的那一声，他又想到了什么？到底是什么让他对自己起了疑心呢？道镇放下杯子，看了张舟浩一眼，脸上的表情和平常并没有什么两样。道镇不禁怀疑难道是自己太敏感了？是不是大可以一笑而过，完全不用在乎张舟浩到底怎样呢？但是，两人之间分明有一股暗流在涌动，而且两人对彼此都有戒心。

“您要的汤好了。”老板娘端上来三碗汤。

黑色的砂锅里血红色的汤水咕噜咕噜地沸腾着，上面浮着一层油，汤水溅出来一些落在泛着油光的木桌上。汤一端上来，宣雨申立刻拿勺子搅了两下，迫不及待地舀起一勺汤送进嘴里。张舟浩也是，拿起米饭直接整碗倒进汤里，搅拌了两下，舀起一大勺送进嘴里，边嚼还边发出满足的感叹声。

“你不吃？”张舟浩问道镇，不知道是关心还是疑心，不管是关心还是疑心，道镇都不会感谢他。

“没什么胃口。”道镇随意地说了一句。不想再被问为什么没胃口，是不是哪里不舒服，就顺手把面前的砂锅往外推了推，来告诉他们自己就是简单地不想吃。张舟浩用鼻子“嗯”了一声，道镇觉得和平时有什么不一样的地方，似乎隐藏了什么别的意思。

“对了，你度假去哪儿了？虽然才两天就被我叫回来了。”

“嗯？”本来度假回来别人都会问这些问题，一般的休假的话也没有什么不能说的，可是这次不一样，处理了“艺术品”之后，情况就大不一样了。“艺术品”是新国家党总裁金泰勋，再加上这件案子现在是由重案一组负责，有些事一旦被人知道了，后果将不堪设想。所以道镇迅速斟酌得失利弊，编造了一个答案。

“铁原县。”

“铁原？江原道的铁原？”宣雨申问道，道镇点了点头。

“地方不错。”张舟浩说。

“还行吧，那里有几家店鳗鱼做得还不错，虽然是西式的做法。”说完道镇意识到自己说得太多了，平时自己都是问一句说一句的，不会主动多说的，现在这样反而会引起怀疑，以后一定要注意。

“我也喜欢吃鳗鱼！”宣雨申有些兴奋地说。

“吃你的饭吧！”张舟浩笑着说。

宣雨申笑了笑继续吃饭。道镇悄悄看了一眼张舟浩，张舟浩打了一个饱嗝儿。

吃过饭后，三人开车回首尔。

到达首尔的时候天已经擦黑，首尔依旧还是那个样子。依旧的拥堵，依旧的喧闹，案子也依旧没有什么进展。到了警察局大院，车停下，张舟浩长叹了一口气。回来的路上，张舟浩就接了局长的八通电话，每次局长都是像鲸鱼一样，吼得震天响，吼完之后就“啪”地挂断电话，每次电话内容也不过是要张舟浩抓紧时间找出头绪。现在回来警察局去见局长，倒有种进狮子口的感觉。

“开车辛苦了。”张舟浩边解安全带边对宣雨申说道。

“组长，我们俩是回到杨警官的小组，还是？”宣雨申想到了还坐在后面的道镇，又开口向张舟浩问道。宣雨申此刻觉得自己夹在两人中间很是为难。一方面道镇肯定是想直接下班回家休息的，可是另一方面想到张舟浩，张舟浩还要继续工作，下属却先下班，以下犯上。宣雨申悄悄看了一眼道镇，幸好道镇表情没有什么大的变化。

“算了吧，杨警官刚才也打电话说写完报告书下班了，你们也下班吧。”张舟浩回答。

重案一组这个时候还不能下班的就只有被局长像鲸鱼一样吼过去的张舟浩了。

96

“好的，那我们先下班了。”

听到这儿，道镇打开车门下了车，宣雨申有些尴尬地看了看道镇也跟着下了车，张舟浩最后下车。

“组长，我们下班了。”宣雨申向张舟浩敬了一个礼，道镇只是象征性地点了点头。

“玄道镇。”张舟浩叫住了道镇，道镇没有应声，只是看着张舟浩。

“能抓到吧？”张舟浩毫无头绪地问了一句，道镇疑惑地看着他，皱了皱眉。

“凶手，能抓到吧？”

“会有警察不想抓到凶手吗？”完全不知道张舟浩问这话是什么意思，也不清楚他为什么要这么问，道镇只能这么说了一句。

“也是。”张舟浩莫名其妙地笑了，脸上却是不甘心的表情。

“我们先走了。”道镇又向张舟浩点头行礼，转身离开。宣雨申也跟着离开。张舟浩盯着俩人的背影看着，突然手机响了。02-448-××××，局长办公室的电话。

“马上到。”张舟浩接了电话，没等对方开口就大声说道。

第五章　绝壁

1

“咚咚”的敲门声在空荡荡的走廊里回响了好久才传来一声冷冰冰的“进来”。

张舟浩推门进去，稍微整理了下衣服，朝局长敬了个礼。抬头才发现坐在沙发上的除了局长还有另外一个人。那人看起来大约四十岁出头，五官给人一种冷冰冰的难以接近的感觉，头发梳得一丝不乱，健壮挺拔的身躯着一身黑色的西装，衣领、领带全都整整齐齐的，让人觉得这人似乎是有洁癖。张舟浩进来后，抬头看了一眼，冷峻的薄唇撇出一丝笑容。

张舟浩其实见过这个男人，他是新国家党的发言人崔永泰。对外崔永泰是新国家党的发言人，是金泰勋的左膀右臂，但是外界不知道的是他也是金泰勋的小舅子。不过，这么晚了，在这里见到他，张舟浩有些困惑。

“您找我？”张舟浩关上门，开口向沙发上傲慢的两个人问道。

“你们俩也都认识，就不用我再介绍了，崔发言人来这里的原因张组长你也猜到了吧？”局长回答道。

张舟浩向崔永泰鞠躬行礼，但是他连看都没看一眼，端起面前茶几上的茶杯，喝了起来。

“听说位置追踪已经成功了？”局长说这话的时候刻意加重了“成功”，还瞥了一眼崔永泰。

“之前对手机的位置追踪是追踪到了，但是现在手机可能没电了，也可能是被拔出电池了，无法定位。在附近调查，也没有找到见过金泰勋总裁的人。”

“附近是指哪里？”局长又问。

“堤川。”

“堤川。”局长说着看了一眼崔永泰，似乎是在问他堤川是否有什么特殊之处。但是崔永泰只是优雅地放下茶杯，完全不理会，闭目养神起来。

“那接下来要进行的是什么？”局长继续问，脸上充满殷切的希望。

其实张舟浩也还没有想好接下来要怎么做，所以局长一问，张舟浩只能皱着眉头，叹了一口气，低沉地说了一句：“暂时还没有计划。”

99

听到这话，局长脸色瞬间变得苍白。

“但是已经得到了堤川市警察局的协助，估计明天就能找到手机，这样就可以很快地掌握金泰勋总裁失踪当天的所有行踪……”

听到这，崔永泰皱着眉头，“哼”了一声，缓缓地睁开眼睛看着张舟浩。在那眼神之下，张舟浩觉得自己浑身起了一层鸡皮疙瘩。崔永泰慢慢地站起来，面对着张舟浩，轻轻说了句“明天？”同时毫不犹豫地抽了张舟浩一个耳光。“啪”的一声，回响在格外安静的办公室。张舟浩在这一击之下，头重重地向一边偏过去，嘴里一股重重的血腥味涌上来，但还是坚定地站在那里。局长在一边，劝也不是，不劝也不是，只能干着急地看着。

崔永泰冷冷地看着张舟浩，从口袋了拿出手绢，像是手上沾了什么肮脏的东西一样，细致地擦过之后，转身坐到沙发上，把手绢狠狠地摔到了张舟浩脸上。手绢擦过张舟浩的脸掉到地上，就像张舟浩的自尊心一样，被践踏在了地上。

“你就是一条狗，收了东西就要会叫，知道吗？”崔永泰不屑地说。

张舟浩知道，这些都是自己所要付出的代价，为之前得到的好处所要付出的代价。这代价就像一条铁链一样牢牢地捆绑住他，挣脱不掉。

“我会继续努力。”

“不是让你努力，是让你找出来。”崔永泰冷笑着说，张舟浩感觉到了一股死亡的凉意。

“是，我会找出来。”

张舟浩心里怒火难熄，挨的一巴掌，被践踏的自尊心，这一切都难以忍受。刚一回到重案一组办公室，张舟浩就粗暴地脱下身上的夹克外套，狠狠地摔到地上，“吭哧吭哧”地大喘着粗气，胸口气愤难平。

事情的开始很简单，就是金泰勋的大儿子发生了一起交通事故。醉酒驾驶，肇事之后逃逸，监控摄像头把他的脸拍得一清二楚，而且不幸的是受害人当场死亡。本来这些事都是用钱就能解决的，可是正赶上大选，新国家党议员的各种传闻导致党危机四伏，选民支持率也大幅下降。在这样的情况下，一旦金泰勋儿子肇事逃逸的事被曝光，事情将会一发不可收拾。这时候，金泰勋打电话给了局长，局长找到重案组组长张舟浩，张舟浩按照指示阻止了舆论传播，并从金泰勋那里拿到钱堵住了受害人父母的嘴。这件事之后，张舟浩得到的好处就是一顿并不怎么样的酒宴。但是从那之后，张舟浩便和金泰勋有了交集。张舟浩以前从来都没有想到，这些政客背后会有这么肮脏的一面。钱在他们手里就是工具，就是得到一切、玩弄权势的工具，用钱来掩盖一切肮脏，用钱来塑造他们英明的政治家的形象。张舟浩就是跟在他们后面擦屁股的人。也拒绝过，可是连拒绝都无法，拒绝之后就是被胁迫着去做这些事。为此付出的代价就是牢牢套在自己脖子上的一条链子，他们拽着链子，逼着自己去为他们卖命。偶尔想想，张舟浩觉得自己俨然已经成为他们的一条狗了。

“狗？”张舟浩又想起了崔永泰的话，“狗，一条会叫的狗！”心里的愤怒一下子又涌了上来，张舟浩用手把桌子上的东西“哗啦啦”全都扫了下去。巨大的响声回荡在整个办公室。摔碎的闹钟、各种文件夹……在这乱七八糟的东西上面浮现出来的是崔永泰那张冷冰冰的脸。

“妈的！浑蛋！”

张舟浩仍不住双臂颤抖，像是努力忍住火气一样，紧紧地咬住牙，闭上眼睛。深吸了两口气之后，缓缓地睁开了眼。

张舟浩蹲下身去，翻开扔在地上的夹克外套，掏出手机，拨出一串电话号码，一个男人的声音传来，张舟浩迅速接过话，“你好，我是松波警察局重案一组组长张舟浩。”简单的自我介绍后，张舟浩眼神变得决然坚定了，“请把 2012 年 7 月 25 号到 27 号的所有进出堤川的高速公路和国道的监控录像调给我，拜托了。”

两人又确定了几个小问题之后就挂断了电话。之后，张舟浩又确认了一下时间，并不是锁定某一辆车，只是简单地调出所有的监控录像视频，三个小时足够了。一阵疲惫感袭来，张舟浩想先眯一会儿。朝门口走了两步，才发现办公室地上满是刚才自己扔下来的东西。张舟浩不禁火又上来。“妈的！”边骂便开始收拾东西。

2

道镇离开警察局之后直接回家了，虽然很想去常去的那家酒吧喝两杯，但还是忍住了。从明天开始即开始忙碌了，不能松一口气，现在只要找到了手机，马上即开始搜查了，自己绝对不能掉以轻心。

屋里很潮湿，道镇打开阳台的窗户想透透气，否则根本无法呼吸，不一会儿，外面清凉的空气便充满了整个房间。道镇特别喜欢这座城市，冷酷无情的这座城市。在这座城市里，每个人都是一个单独的个体，这种单独的个体对道镇来说就是自由。

道镇解开衬衫的两个扣子，放松一下一天紧绷的神经。从冰箱里拿出冰过的维生素水，倒进透明的玻璃杯里，站在阳台上，边喝边欣赏夜景。从这个高度看下去，城市的夜景很美很美，看着这样的美景，道镇突然想到了那个艺术家，这个时候他在哪儿？他又在做什么？在想什么？想到这些事，道镇有种心花怒放的感觉，就像是小伙子想着爱慕已久的姑娘一样，心跳加速。意识到自己这会儿的心理，道镇不禁“扑哧”笑了出来。

道镇开始回想整理今天一整天的思绪。一旦手机找出来，作为一个重要的线索，“艺术家”也很快就会被找到。但是最让道镇纠结的并不是这件事，而是张舟浩的眼神。那眼神现在想想还是觉得有些后怕，张舟浩真的在那一瞬间捕捉到什么了吗？道镇从各个方面，各个角度作了各种假设，可是仍然无法确定张舟浩到底有没有发现什么。道镇也意识到自己最近太敏感了，几次努力让自己镇定下来，都没有成功。不断地默默告诉自己“不要想了，停下来”。终于道镇镇定下来。

长长地舒了一口气，道镇回到了房间里，拿起遥控器刚想打开音响，又想起来看了一下时间，正是昨晚隔壁女邻居过来敲门的时间，现在打开音响，估计她百分之百又要过来敲门了，那样自己百分之百又会忍不住要做什么不该做的事了吧。道镇不想让自己成为因为抗议邻居制造噪音而失踪的第一嫌疑人。更讨厌和那样的女人一起出现在九点新闻里。道镇考虑自己是不是该搬家了。

放下遥控器，道镇来到卧室。摘下手腕上的手表放到小茶几上，又解开衬衫袖扣，突然想到了什么，道镇停下来，朝床头一侧的墙走过去。床头墙上挂着一幅镶了相框的画，是一幅大海的油画。这幅画并不名贵，只是一个比较有发展潜力的小画家的画作，当初在他的画展上，道镇觉得这幅画比较适合挂在自己的卧室里，于是就买来挂在了这里。

其实，此时比起这幅画，更吸引道镇的是画后面的东西。道镇伸手把画摘下来，这面墙其实并没有表面看起来这么普通，画背后大有乾坤。道镇把墙轻轻往旁边推开来，缓缓展现出来的是玻璃的置物架。就像是厨房墙壁上掏出的小壁橱一样，道镇在这里拓展出了一个小空间，甚至还在这个小空间里装上了别致的灯。打开灯，光束打在玻璃上，闪耀着光芒。玻璃置物架上放着的是这世界上独一无二的能让道镇兴奋的两样东西。这两样东西是道镇能力的证明，是他存在感的来源。稍微往后退了两步，道镇陶醉地欣赏着他的战利品，这也是对道镇来说最重要的两件东西。一只是红色的高跟鞋，这是在熙每次来道镇这里必穿的鞋子，在熙觉得红色更能激发道镇的性欲，这红色的高跟鞋象征着在熙；另一个是一个徽章，一个纯银镀金的徽章，徽章上是象征着国会议员的木槿花图案。

这两件是道镇无比珍贵的战利品。

3

张舟浩拿到监控视频之后，窝在沙发上足足看了四个多小时，头晕眼花，这样找下去就跟大海捞针一样。张舟浩自己都开始怀疑，这样把出入堤川的所有车辆都排查一遍，到底能不能找到一些有用的线索。张舟浩抬头盯着天花板看，希望自己能在某一瞬间灵感突现，想到什么有用的线索。可是，连续几个小时的工作之后，这会儿脑子完全秀逗了，根本没法儿继续思考。张舟浩从沙发上站起来，用手揉着太阳穴，否则可能就真的晕过去了。

慢慢地走到办公桌前，拉开抽屉，比平时更让人心烦的摩擦声直冲耳膜。抽屉里满是张舟浩自己也不知道什么时候放进去的圆珠笔，随着被拉开的抽屉到处滚。张舟浩扒拉了几下抽屉里的东西，想找几个硬币出来去楼下买杯咖啡。可是，找了好久都没有找到。张舟浩记得自己明明放进去很多的，平时只要一有硬币就会随手放进去，想喝咖啡的时候就拿几个出来，很方便，可是这会儿却怎么都找不到了。又翻了一会儿才找出来几个 10 块钱的硬币。无奈之下，张舟浩又找出钱包，钱包里也只有两张皱巴巴的 1000 元纸币。张舟浩突然想到道镇的抽屉里有一个放硬币的小存钱罐，可以先用那里面的钱去买杯咖啡了，想到这，张舟浩不禁笑了出来。少一两个道镇应该也不会发现的，而且就算发现了，大不了到时候再还给他就好了。

拉开道镇的抽屉就看到了存钱罐，张舟浩拿出来打开盖子，拿出了300块，刚想放回去，又想到拿都拿了不如多拿200块买一杯好点儿的咖啡。反正拿300也是拿，拿500也差不了多少。张舟浩吹着口哨，推上了抽屉。这时候张舟浩突然又想到，道镇为什么要放个存钱罐在这里呢？平时又很少会在办公室里待着。不过这种事情也只有真正了解他的人才会知道，张舟浩不再去过多地理会这个问题。环顾了一圈道镇的办公桌，唯一吸引张舟浩的就是桌上放着的那个印泥。看着印泥，张舟浩扑哧笑了。

张舟浩去了一趟洗手间，然后直接来到位于一层的自动贩卖机。掏出口袋里的硬币，两手捧着晃了晃，硬币相互碰撞的声音清脆地响起。张舟浩选了一杯牛奶咖啡。身体疲惫不堪，又火气很大的时候最适合喝点甜的东西了。去年自动贩卖机还都是200块的咖啡，今年就有了300块和500块的咖啡，物价一直在上涨，唯一不增加的就只有警察的工资了。

张舟浩喝了一口咖啡，嘟囔了一句："整天为国家卖命工作，连杯咖啡的福利竟然都没有！"

"你说什么？"突然背后传来一句，张舟浩回身。已经熄了灯的漆黑的走廊里，一个身穿黑色工作装的男人正往这边走过来，是重案二组组长李浩镇。李浩镇和张舟浩同龄，偶尔遇到了也会一起抽个烟，算是熟识。

“你值班？”张舟浩朝李浩镇问道。一组的办公室在中央楼梯的右侧最尽头，二组在左侧最尽头，所以一般二组的刑警都会走左侧的紧急通道，现在李浩镇出现在中央楼梯处 ，张舟浩有些不解。

“嗯。”李浩镇应声回答。

“也是来喝咖啡的？”

“你请我喝一杯呗！”

“你个小气鬼，我这还是拿偷来的钱买的咖啡呢。”

“好吧。”李浩镇自己从口袋里掏出钱买了咖啡，喝下一口，长长地呼出一大口气，“别人都去避暑度假，咱们倒好，还在这里加班。”

张舟浩笑了笑，做刑警连好好睡个觉的时间都没有，何谈去避暑休假？大韩民国的刑警估计连一年四季都不记得了吧。

“我一直都有个梦想，就是除了在追捕犯人的时候，能自己开着车在高速公路上兜风，尽情地放松自己。”李浩镇又说道。

“别做梦了。”张舟浩无奈地说。喝完咖啡直接把纸杯扔到靠墙放着的垃圾桶里。走过去拍了拍李浩镇的肩膀，说：“我先上去了。”说完转身抬脚走了两步。突然又以迅雷不及掩耳之势回身一把抓住李浩镇的手，看着李浩镇慌张的表情，张舟浩会心一笑，“检举罪犯。”说着在李浩镇的手上印上了一个红色的印章。昏暗的楼道里，张舟浩笑着露出的牙齿显得格外白亮。

回到办公室，张舟浩不禁又想起了刚才李浩镇的话，最大的梦想就是开着车在高速公路上尽情兜个风。其实自己也是这样，根本就没有真正属于自己的时间，对于妻子也是，给她的时间也是屈指可数，作为一名刑警这也是没有办法的事，只能偶尔抱怨一下了。

“那玄道镇这小子能去度两天假还真不错。”张舟浩嘟囔了一句，突然又想到了什么，静静地想了好一会儿，然后拿出手机拨了出去，“我是重案一组组长张舟浩……”打电话期间，张舟浩脸上一直都是薄凉的笑意。

新的一天又开始了，这所城市每一天都是一个新的开始，一个新的轮回。道镇已经为接下来的工作做好了充分的准备，心里清楚地知道，接下来的几天可能都没时间回家了。

“就是说到现在还是没有任何线索了？”道镇问杨警官，杨警官无奈地摇了摇头。道镇也感到颇为无奈，照这样下去，今天的晨会肯定开不下去。

“好吧，我知道了。”道镇回到自己的位子上坐下，拿出笔记本，一个接着一个地画下了很多问号。默默地在思考着，凶手到底是谁？为什么要杀死金泰勋？又为什么把尸体放在那么容易被发现的地方？到底能不能抓到那个“艺术家”？道镇越想越觉得郁闷，现在还没有任何线索可以找到凶手。而且，现在对金泰勋只是认定为失踪。想了半天也没想明白一切前因后果，道镇拿笔把画下的问号胡乱地画掉，可能是太过于生气了，力气大到直接把圆珠笔弄坏了。于是，道镇直接把笔记本扔进了抽屉里。

道镇没有想到，刚才自己所做的一切都被张舟浩看在眼里。从道镇和杨警官说话到现在，张舟浩一直靠在后面的一堵墙上，静静地观察着一切，一动不动地，甚至连呼吸都屏住了。张舟浩看着道镇和其他刑警讨论金泰勋的案子，看得出道镇比任何人都对这件案子更上心。“是你？”张舟浩真想这么问道镇一句，特别想看看道镇无动于衷的脸被撕破后会是怎样的一副样子。盯着道镇的背影，张舟浩目光闪烁，会心一笑。

4

道镇和宣雨申一大早就开车去了汝矣岛，见金泰勋的前秘书处处长崔镇哲，但是从他那里也并没有得到什么有用的线索。反而发现了很多跟这个案子没关系的一大堆乱七八糟的其他事。见完崔镇哲就已经到快到中午了，按照宣雨申的习惯，打算在一家泡菜汤店吃完午饭再回去。

两人边走边聊天。宣雨申突然想起了什么，“啪”地拍了一下大腿，有些兴奋地跟道镇说：“跟您说过了吗？我抓到尹京泰了。”

“不是你抓到的，是重案二组抓到的吧。”

“哎呀，原来前辈您也听说的是重案二组抓到了尹京泰的。”宣雨申说完有些不满地噘着嘴。

道镇看着这样的宣雨申有些发愣。这件案子本来是宣雨申负责的，就在案子基本侦破的时候，组里接了金泰勋的案子，宣雨申按照命令将这件案子转手交给了重案二组，重案二组不费吹灰之力就成功侦破了案子，功劳也全都是 2 组的。但是宣雨申好像并没有有多不满，反倒是很高兴案子终于侦破了，道镇倒有些不理解宣雨申的想法了。

“你不在乎功劳都是别人的？”

“什么功劳？”宣雨申单纯地问。

道镇被宣雨申搞得很是无语，无奈地叹了一口气。宣雨申这才意识到道镇说的是什么意思。道镇无语地挥挥手：“算了，跟你说这些也没用，不过尹京泰的案子到底是怎么回事？”

“今天上午重案二组审讯了尹京泰，根据他陈述的供词可以看出，他犯罪主要还是因为从小家庭教育环境造成的。”

“怎么说？”

“这小子从小受到父母的虐待，在父母那里从来都没有得到过爱，长大后性格古怪，嗜好暴力、血腥的东西，所以才犯下了那么多惨案。”

“嗯，那我应该也有这样的影响。”道镇停下了脚步，宣雨申也跟着停了下来。道镇这才意识到，自己刚才无意识地把心里想的就这么说了出来。

宣雨申看着道镇呆愣了一小会儿，扑哧笑了出来：“前辈，您开玩笑呢。您父母都是有名的大学教授，家里经济情况自然不在话下，您这么说可就是有点儿在炫耀您的家庭教育啦。”

“是吗？”

宣雨申只是笑着没有说话。

家庭教育，道镇觉得这话颇具嘲笑讽刺意味。宣雨申说得不错，父亲母亲都是首尔有名的大学教授。母亲爱好古典音乐，是位很有名望的声乐家，父亲是位著名的医学博士。他们都是在电视里一年能出镜很多次的人，甚至是每个月都会出镜，可是一般人却很难见到他们。小的时候，道镇也确实为自己出身的家庭自豪过，物质生活上的充裕、周围亲戚朋友的艳羡都让道镇骄傲过，可是这种自豪和骄傲都在道镇看到父母真实面目之后荡然无存了。父亲和家里保姆的女儿偷情，母亲和司机通奸，亲眼看过知道这一切之后，在道镇眼里父母高大的形象也不复存在了，他们不再是道镇宽厚的父亲、慈爱的母亲了。那时候，道镇才十三岁。

刚开始知道父母那些肮脏不堪的事情的时候，道镇就策划着亲眼目睹了那一切。十三岁那年盛夏，天气特别炎热，道镇假装在家里二楼的卧室里睡午觉，仔细注意外面发生的一切。大约二十分钟之后，保姆的女儿端着酒酿进了父母的卧室，而保姆早就被父亲指使去海鲜市场买鲍鱼去了。道镇静静地靠在卧室外面走廊的栏杆上，等着合适的时机，推门进去目睹一切。接下来的事情很简单，道镇猛地推门进去，装作什么都不知道，喊了一声“爸爸！”然后看到床上的两个人像禽兽一样纠缠在一起，衣服扔得地上到处都是。两个人惊讶地看着道镇，道镇还是装作什么都不知道，呆呆地盯着两人看了许久。母亲的事就更简单了。同样的办法，在停车场，道镇等车开始震动之后，拿着手电筒照了过去。

从那之后，两人面对道镇的时候总是手足无措，看道镇的脸色行事。并且，道镇所犯的所有的错事都会无条件地原谅。推倒邻居家的孩子受伤住院，放火烧了小区里的大树……甚至在十七岁的时候强奸了家里的保姆，他们连责备一声都没有，只是睁一只眼闭一只眼地处理好了所有的事。被强奸的保姆得到了一大笔钱离开了首尔。在那之后，父母才开始稍微阻止道镇做一些太出格的事。

即使是这样，父母也从来都没有真正教育过道镇，道镇对此也是毫不在意。虽然父母一直是在看道镇的脸色行事，但这也绝对不是怕道镇，只是怕道镇把那些事告诉别人，会有损他们的颜面。父母对那些事的恐惧让道镇对恐惧有了第一次的认识。至少在那个家里，道镇是神一样的存在。

那时候，家里还有一条小狗，小狗通体雪白，毛色发亮，十分可爱。小狗对道镇一直都特别喜欢，经常在道镇脚边晃来晃去。有一天，小狗仍像往常一样跟在道镇脚边，这次道镇内心深处突然产生了一个想法，冲动之下，道镇直接一脚踩到了小狗身上，小狗“啊——”的一声尖叫，可是道镇仍然继续用力踩着，“嗯嗯……”小狗最终无力地挣扎着，奄奄一息了。道镇掐着小狗的脖子拎起来，小狗的眼里充满了恐惧，道镇就看着小狗，慢慢地伸手直接将小狗的一只眼睛挖了出来，透过另一只眼睛，道镇继续享受着小狗的恐惧。这时候，“啪”的一声，打断了这一切，道镇回头，发现母亲正在门口脸色苍白，地上她端上来的水果滚得到处都是。那个时候道镇是以怎样的表情看着母亲的，现在想想估计应该是笑着看着她的吧。

从那之后，道镇就搬出来一个人住了。或许是因为他们一直心怀歉疚，搬出来住之后，虽然从来都不打电话问候一声，但还是每个月给道镇充足的经济支援，直到道镇开始在警察局上班为止。道镇心里对父母也不是没有怨恨的，搬出来这近十年的时间里，和父母之间从来都没有过普通父母和子女之间的那种温情的交流问候。

但是，那天下午道镇接到了母亲打来的第一个电话。“警察局一个叫张舟浩的组长打来电话……”母亲一开口就是这句话，很久很久都没有听到过母亲的声音了，道镇一开始都没有意识到她是谁，差点开口问“你是哪位？”可能主要也是因为母亲开口连句最最基本的“最近怎么样”都没有吧。十多年里唯一没有变的可能就是母亲在面对自己的时候的那种冷冰冰的态度吧，当然道镇对她也一直是没有过好声好气的时候。每次把外表端庄贤惠优雅的母亲惹到怒火中烧、忍无可忍的时候，都是道镇最开心的时候。但是，这次张舟浩打电话给母亲，倒让道镇很意外，有些摸不着头脑。

接完母亲的电话，道镇就怒气冲冲地回到办公室，发现张舟浩并没有在办公室。一把抓住旁边的杨警官，大声吼道：“张组长在哪儿？”杨警官被这样的道镇吓得一下子愣住了，声音颤抖着说：“刚才说要下去买咖啡。”

道镇把杨警官往旁边一推，一脚踹开办公室的门，大步走了出去。但是没走几步，道镇就停下来了，脑海里一直在疑惑为什么现在会是这样的局面。深呼吸了几次，道镇强迫自己冷静下来，仔细想想前因后果。究竟是什么原因让张舟浩打电话给自己的父母？据母亲所说的，张舟浩打电话给她问有没有时间见一面，母亲也是因为不知道张舟浩到底有什么目的，就以要指导学生的演唱会为由，推辞说没有时间拒绝了，之后张舟浩就挂了电话并没有说什么。张舟浩并不是个闷头蛮干的人，他这么做肯定是有什么原因的。但是，道镇却怎么也想不明白到底是什么原因让张舟浩给母亲打电话。必须见到张舟浩，当面跟他问清楚。

道镇微微有些紧张地站在楼梯上，看着张舟浩。此刻，张舟浩正站在自动贩卖机前面，来回踱步，好像是在考虑买哪个咖啡，不一会儿张舟浩投下硬币，按了美式咖啡的按钮，弯腰拿起纸杯，接了一杯咖啡。道镇朝正在喝咖啡的张舟浩走过去。张舟浩像是知道道镇过来了一样，连头都没有回，直接开口说："有什么话直接说就行了，干吗那样凶狠狠地看着？"

"听说你给我母亲打电话了？"

张舟浩好像早就料到道镇会问这个问题，什么都没有说，只是从口袋里掏出一样东西递给了道镇。道镇接过来一看，是一枚 500 元的硬币。

“我自首，之前从你的储钱罐里拿了 500 块钱，现在还给你。”张舟浩笑着说。

道镇皱着眉头，完全没有心情跟张舟浩开玩笑。刚想跟张舟浩说什么，张舟浩就有从口袋里拿出一样东西来，一张油印的圆形的卡片，“我今天收到了这个东西。”

道镇接过来认出那东西的瞬间，差点儿叫出声儿来。那是高速公路的过路证，上面赫然印有“堤川”两个字。道镇这才意识到自己那天开的是局里的车，还过了高速公路留下了这个东西。现在，道镇是完全镇定不下来了。脑子在高速运转，想想出个理由来解释这东西。张舟浩一直盯着道镇，试图从他的表情里发现些什么。道镇完全不擅长睁着眼说瞎话，这会儿该怎么编个让张舟浩信服的理由出来。张舟浩倒是不理会道镇了，朝一边走过去，像是不想听道镇的解释。

张舟浩走到挂着地图的墙边停了下来，他笑着指着地图上的某一点，道镇看了一眼，正是之前道镇说自己去度假的铁原。然后张舟浩又指向了另一个方向，堤川。“你说你是去铁原度假，铁原和堤川完全是两个相反的方向，难道你是从堤川绕道去的铁原？所以，我才打电话给你父母，问他们是不是在堤川，你是先去看他们，又去铁原度假的。但是，打电话问过，你母亲说她最近很忙，整天都在排练，已经快两个月了。”

道镇深吸了一口气，握紧拳头，强迫自己镇定下来。就算自己去了堤川，现在也不能就说自己是金泰勋案子的嫌疑人。

张舟浩站在道镇正前方，直逼道镇开口问道：“玄道镇，你怎么解释？”

道镇没有回答，张舟浩也没有要他回答的意思，直接继续说道：“答案就是，你玄道镇因为某个原因撒谎了。”

“那是……”

“现在没必要急着解释，不用担心。现在的首要任务是抓紧时间侦破金泰勋失踪案。五分钟后，局长和公安部部长就要来开会了，想到这个就头疼。因为金泰勋这个案子，都不知道什么时候才能回家，老婆也回娘家去了，不接电话。不管怎样，一定要亲手抓住这个凶手。”张舟浩咬牙切齿地笑了，昏暗的楼道里，他的牙齿显得格外刺眼。

5

所谓的会议不过就是追究责任，布置任务。当然这次金泰勋的案子到现在还没有侦破，张舟浩自然要承担最大的责任，当局长的第一个替罪羔羊。会议结束，张舟浩臭着脸回到重案一组，刚才一直忍着的怒火现在才开始真正燃烧起来。扯下外套直接撂在地上，大口喘着气，胸口起起伏伏不断。杨警官、宣雨申和道镇跟在后面也回到办公室。杨警官和宣雨申相互递了个眼色，猫着腰回到自己的位子上，道镇脸色不变直接回到自己的位子上坐下。张舟浩看到道镇这样，狠狠地盯着他，恨不得用眼神撕裂他。

张舟浩甚至已经确定，这个世界上唯一能让金泰勋这么无声无息消失的人只有道镇一人。张舟浩确信自己一定会抓住道镇的狐狸尾巴的。今天所受的屈辱全都归咎在道镇身上，一定要全部讨回来。

“今天的安排是什么？”张舟浩问道。

“主要是追查金泰勋的账户，然后还要再去见一次前秘书长崔镇哲，希望能通过他的账户找出一些线索。”杨警官回答道。

张舟浩点了点头：“玄道镇！”

“是！”

“你今天和杨警官一起执行任务。”对于张舟浩的安排，道镇倒有些意外了。本以为张舟浩知道了过路证的事，不会再让自己参与这件案子的调查了，没想到现在又安排自己去执行任务，道镇有种不祥的预感，犹豫了一下，应声道：“是，我知道了。”

“那我呢？”宣雨申问了一句。

“你跟我一起走，去新国家党内部调查最近和金泰勋走得比较近的官员，看能不能找出些蛛丝马迹。”

“是。”宣雨申干脆利落地应声，立马准备出发。

“所有人必须在今天之内完成任务。”

“是。”所有人整齐划一地回应张舟浩。

下午，道镇正在警察局门口等去拿账户资料的杨警官。道镇环顾了一下四周，发现宣雨申和张舟浩正在不远处的街边小摊吃鱼糕串。道镇走过去，宣雨申立刻站起来相迎，张舟浩连头都没有抬，继续吃着鱼糕。

“在等杨警官吧？先坐会儿吧。”

“有发现什么线索吗？”道镇随口问。

“发现……”

宣雨申刚一开口，张舟浩就打断了他的话：“初步有怀疑对象了。”

“你是说有什么新的线索了？”

张舟浩吞下一口鱼糕，不怀好意地笑着说：“这是秘密。”说这话的时候，张舟浩牢牢地盯着道镇，道镇则是故意转过头去看着路口。路上来来往往的车辆不断，拥堵复杂的城市却也是美丽的城市首尔，就算是犯了什么事，也完全可以逃走。但是，道镇却不想逃离，还想知道“艺术家”到底是谁。张舟浩和道镇之间又凝聚着一股尴尬微妙的气氛，宣雨申试图打破这种气氛。

"组长，您说什么呢？我们一样，都是警察，还有什么秘密不秘密的。"

"一样的警察？呵呵，宣雨申。"

听到张舟浩这样笑着叫宣雨申，道镇又回过头来，张舟浩的笑声像是一把锐利的刀子，直插在道镇的心口。

"你和玄道镇一起工作多久了？"

"两年多了，差不多快三年了。"宣雨申有些疑惑地看着张舟浩，纳闷儿他为什么会问这样的问题。道镇只是在一边静静地等着看张舟浩接下来会问什么。

"那你觉得他怎么样？"

"嗯？"

"问你你觉得玄道镇是怎样的人？坦白地说。"

虽然不知道张舟浩为什么会突然问这样的问题，宣雨申还是认真地考虑着该怎么回答。

"您是说作为刑警？还是就单纯地说这个人？"

"刑警也是人，就整体地说吧。"

"哦……怎么说呢，玄前辈是一个工作很认真，很有责任感，能力也很高的刑警，平时对人的话有些不讲人情，但这点作为刑警又是个优点……"

"不讲人情，"张舟浩重复了一句，"不讲人情，过分的话会是什么？杀人吗？”

“啊？”宣雨申显然是被张舟浩的话吓着了，声音一下子提高了好几度。不仅宣雨申，就连道镇都有些被吓着了，差点儿叫出声来。

“我就是举个例子。”

“我先走了。”道镇站起来准备离开。张舟浩看着道镇没有说话，两人又陷入了僵局。宣雨申夹在两人中间局促不安。

“你要是想说什么就直说，不要这样拐弯抹角的，快把人搞疯了。”道镇颇为恼火地说。

“疯了？谁疯了？”

道镇听出来张舟浩这话里有股不寻常的意味，显然对道镇不仅仅是不满了。

“咦？气氛怎么这么怪？”杨警官进来了。他一进来，宣雨申立刻松了一口气。

汽车朝着市区一路驶去。这次是张舟浩自己亲自开车，宣雨申坐在副驾驶座上，感觉一点儿都不自在。犹豫了许久，终于小心翼翼地开口问道：“您跟玄警官好像一直不和啊？”

张舟浩盯着前面路面，扯了扯嘴角笑了，觉得宣雨申夹在自己和道镇之间也算够为难的了：“我和他就是不对路。”

“哦。”宣雨申点了点头。其实宣雨申到现在也不明白，为什么张舟浩和道镇两个人会这么不和，其实两个人身上还是有很多共同点的，如果两人能够相互密切配合工作，一定是很厉害的组合。

宣雨申一直沉浸在自己的思绪里，回过神来发现，张舟浩正在急转弯，像是要掉头往回走，去金泰勋的办公室不需要掉头，沿着这条路直走就是了。宣雨申急忙说道：“一直往前走不就可以吗？”

“我们去别的地方调查。”

“嗯？去哪儿？”宣雨申有些意外，虽然张舟浩这个人比较特别，但是却很少像现在这样突然就要更改日程。更何况刚才他们还在聊着道镇的事情，现在突然就说要更改安排，宣雨申慌乱得有些摸不着头脑。看着慌乱的宣雨申，张舟浩扑哧笑了。

“堤川。”

“嗯？”宣雨申还在疑惑着，张舟浩就已经打了方向盘，随着尖锐的摩擦声，车子掉转了个方向。后面的车子跟着急刹车，司机探出头来狠狠地骂了一句：“妈的，浑蛋！你找死啊！”

张舟浩不屑地撇了撇嘴，漫不经心地说：“妈的，那浑蛋竟然骂大韩民国的刑警是浑蛋。”

第六章　发现

1

宣雨申这才意识到，张舟浩让道镇和杨警官一起去执行任务就是为了支开道镇，在安排任务的时候为了瞒住道镇，都没公开他们今天的目的地堤川。张舟浩所做的这一切都是因为怀疑道镇，怀疑道镇和金泰勋的这个案子有关，宣雨申第一反应就是不可能，道镇不可能和这个案子扯上什么关系。

“不可能……”

“怎么不可能，没有什么是不可能的。”张舟浩打断了宣雨申，坚定地说。其实，张舟浩之前也一直思考了很久，一直在“不可能”、“或许”、“也可能”之间徘徊犹豫了好久，但是不管从哪个方面考虑，张舟浩都觉得应该亲自来证实道镇所说的谎话究竟是为了掩盖什么事实。

“玄警官没有作案的理由。”

“那就找出理由。”

“但是……”宣雨申还是想反驳，但是看到张舟浩毅然决然的脸，宣雨申还是闭嘴不再说什么了。虽然知道道镇在度假地的问题上撒了谎，知道张舟浩因此而起了疑心，宣雨申却万万没有想到，张舟浩会把这个案子怀疑到道镇身上，但是宣雨申却没有再和张舟浩争辩下去，还是让张舟浩亲自证实了他自己的想法是错的比较好。宣雨申转头看向车窗外。

张舟浩看了一眼宣雨申，没有理会他，继续开车。

窗外的风景飞速倒退，一如宣雨申此刻的思绪。道镇的确是一个薄凉的人，孤傲又冷清的一个人，这是宣雨申对道镇的第一印象。在局里，道镇不但对后辈比较疏远，对前辈也是如此。特别是在案件调查现场，道镇这孤傲冷静的性子倒是并没有招来多少不满，反倒每次对侦破案子有很大的帮助。作为一个刑警最重要的是破案能力，相比之下为人如何倒显得并不是那么重要了。所以，其实在后辈中还是有很多人特别仰慕道镇，希望自己也能成为像道镇这样出色的刑警，宣雨申就是其中一个。宣雨申到现在都还记得唯一的那次见到道镇温情的一面。那时候宣雨申刚进重案组不到三个月，一次在一个情杀现场调查取证，道镇对躲在洗手间马桶角落里的一只小狗流露出了外人从来没有见过的温情的一面。道镇面对着小狗，像是安慰似的轻声说：“原来你是唯一的目击者呀！”小狗慢慢地放下戒心，道镇抱起小狗，轻轻地抚摸小狗的背部。尽管当时国搜科的其他人都忙得不可开交，道镇还是就那样抚慰了小狗很久，像是完全变了一个人一样。当时宣雨申很是惊讶，完全没有想到，像道镇这样一个优秀的刑警，会在调查取证现场做那样的事情。

在宣雨申不断的思绪里，很快便到了“意外”旅馆的大门外，已经下午三点多了，但是太阳仍然还是高悬，晒得厉害。张舟浩把车停在了旅店门口，旅店的大门是锁着的。张舟浩皱着眉头解开安全带，下车，走近大门口，一条粗粗的铁链穿过两扇门的铁环，一把硕大的锁牢牢地锁在上面。明明知道打不开，张舟浩还是使劲晃动了两下锁和铁链，“哐当哐当”的声音格外让人心烦。宣雨申跟着也下了车。

“门锁上了？”

张舟浩连头都没有回：“嗯。”通过两扇铁门可以看到院子里合抱粗的大树。

“看来我们来得不是时候。”宣雨申嘀咕了一句。张舟浩回过头来，指着旁边树上的牌子，“休息中”几个大字格外醒目，下面是一行小字“如有需要请联系 某某某”。张舟浩看了一眼宣雨申，宣雨申立马会意，拿出手机拨了出去。电话打通后好大一会儿，那边才有人接听。这中间，张舟浩和宣雨申已经不仅仅是焦躁了，甚至都有些上火。

“啊，你好！”宣雨申语调上扬，显然抑制不住内心的高兴。张舟浩不自觉地屏住呼吸，一动不动地听着他们的通话。

“我们是来度假的，想今晚在店里住宿。”宣雨申边说边看了一眼张舟浩，张舟浩点了点头，显然比较满意。现在不能马上说明身份，主要是担心旅店老板和凶手会有联系。

“您说您是外出休息了？”张舟浩和宣雨申同时皱了皱眉头，来得真的不是时候。既然是外出了，那很有可能老板今天就不回来了，老板给自己放假肯定是回家和家人团聚去了，一家人和和美美地在一起吃饭聊天，应该不会为了一个连预约都没有的客人再特地回来吧。“难道又要白跑一趟了？”张舟浩有些气愤地想，踢了一脚脚下的石子儿。

“那您大概什么时候回来啊？”宣雨申还在继续打电话。张舟浩朝宣雨申做了一个“今天”的口型，宣雨申点了点头，张舟浩这才放下心来。

“那大概是晚上九点钟回来啦？”张舟浩向宣雨申做了一个“OK”的手势。

“好的，那我们就在附近等您回来。看周围也没有什么其他可去的地方了，就想住在您这里。”

其实绝大多数的刑警都比较擅长说谎话，不管是本性善良的宣雨申还是性格急躁的张舟浩，为了抓住说谎的人都去说谎。

这真是对刑警这个职业本身的一种嘲讽，但是，所谓的人生其实就是一个不断地嘲讽的过程。

张舟浩慢慢悠悠地走到旁边围墙脚下的一块大石头上坐下。可能本来就是为了给人做的，大石头表面被打磨得光溜溜的，还很干净。宣雨申挂断电话之后也走了过来。

“旅店老板回来还要很长时间，我们先去吃点东西吧。”宣雨申提议。

张舟浩确认了一下时间，根据宣雨申所说的，他们今天都要耗在这里了。张舟浩从口袋里掏出四张皱皱巴巴的 1000 元纸币递给宣雨申。

“去买点面包回来吧。”

宣雨申想仰天长叹，这个世界上最讨厌的东西就是面食了，拉面、面包，甚至连乌冬面都是听着就头疼的东西。但是宣雨申也明白张舟浩为什么一定要守在这里。万一老板和凶手是同一伙的，又察觉了他们是警察，很有可能会提前回来，消灭所有的证据。宣雨申没有接张舟浩的钱，拍了拍自己的口袋，笑着说：“我有，先去买吃的了。”说完一路小跑着沿着坡下去了。

看着宣雨申的背影，张舟浩笑了。但是那笑也只是一瞬间，转瞬张舟浩就冷着脸看着旅店的建筑，陷入沉思。

2

道镇怎么都想不明白为什么张舟浩要让自己和杨警官一起执行任务，是故意支开自己吗？理由又是什么？道镇用手指敲着汽车前车盖，“咚咚咚……”的声音让道镇更加焦躁不安。张舟浩没有在高速公路过路证上继续追究，道镇觉得很不正常。

杨警官正在通过可视电话向金泰勋的家人解释再次来访的原因，道镇抄着手靠着车上看着他，突然觉得他也挺可怜的。据他说，已经来这里四次了，可是都没有得到什么有用的线索，每次都还要花费很大的力气才能得到许可，进去调查。

“走吧。”杨警官向道镇做了个手势，示意道镇一起进去。

“我说过很多次了，据我所知道的，他没有什么理由去堤川。”金泰勋的妻子脸色苍白地说。这是道镇第一次见她，很意外的一张平静无波的脸。脸上并没有多少悲伤，更没有哭过的痕迹，作为一个政客的妻子，可能要的就是这种无论何时都镇定自若的态度吧。

“那应该也会有夫人您不知道的事情吧？”道镇不经意地说，脸上分明是在问，“金泰勋在外面应该也还有别的女人吧？”就像在熙，背着自己的丈夫在外面还有自己这么个情人，金泰勋应该也有吧，背着妻子在外面也还有其他的女人。

杨警官猛地拍了一下道镇的大腿，示意他不要乱说。

金泰勋妻子的脸色更加苍白了，手指轻轻地颤抖着，手慢慢地握成拳，手背上青筋凸显，缓缓地开口：“没有我不知道的人。”

这意思就是说其实她知道自己的丈夫在外面还有其他的女人了。道镇极力忍着笑意，不知道这么一个女人谈到自己的丈夫在外面的其他的女人的时候是怎么做得到还能像现在这样，继续维持着这样一张高贵的脸，不知道如果掐着她的脖子会不会撕破这样一张高贵端庄的脸。道镇真想看看这样一张脸惊慌失措或是愤怒无比的时候会是什么样子。

“这些就不要再问了。”站在金泰勋夫人背后的崔永泰面色难看地开口说了句，“姐姐，这样的问题你不用回答。”崔永泰狠狠地瞪了一眼道镇，“第一次见你这样没有礼貌的刑警！你们组长张舟浩没教过你吗？”道镇觉得这语气似乎崔永泰和张舟浩倒像是好兄弟一样，“也是，狗也就只知道伸手要东西……”

听到崔永泰这样污蔑自己，道镇回瞪了一眼他。

“看什么看！”崔永泰俨然是一副要和道镇打一架的姿态。

道镇刚想开口反驳，杨警官连忙伸手按住道镇，阻止了他：“今天就到此为止吧，非常抱歉。”说完就要拉着道镇的胳膊离开。道镇完全不理会杨警官，仍然盯着崔永泰一动不动。杨警官再一次拖了道镇一把，无奈之下，道镇只好起身，同时眼神里充满抗议似的瞪着杨警官。杨警官低声对道镇说："不要惹事，还是先跟我走吧！"

3

张舟浩和宣雨申一直等在旅店大门口。天气炎热，太阳火辣辣地烤着地面，身上汗流不断，胳肢窝里也是黏糊糊的，汗水顺着脖子不住地往下流。两人啃着硬邦邦的面包，难以下咽。宣雨申信誓旦旦地说去买好吃的回来，可是买回来的却只有这硬不拉几的面包。在这样偏僻的地方，期待买到好吃的面包简直就是痴人说梦，有不过期的面包吃就已经很不错了。

"你小子倒是买点牛奶什么的回来呀！" 张舟浩抱怨道。

"这破地方根本就没有牛奶卖。"宣雨申有些委屈。

"那你倒是买点儿什么喝的回来啊，就这么干巴巴地啃面包，不噎死你丫的。"

"那您不吃了吧。"说着，宣雨申伸手握住张舟浩拿着面包的手，作势要把面包抢过来。

"放手，你这是连这么个面包都不舍得让我吃了？"

"生活要节俭呀！"宣雨申笑嘻嘻地开着玩笑。

"刚才我给你钱你还不要。"

"组长也要节俭哪！"

131

听到宣雨申这话，张舟浩苦笑了两声。自己还有什么必要勤俭节约地过日子，现在就算勤俭节约省出一座泰山来，和妻子的关系也再也回不到从前了。张舟浩啃着硬邦邦的面包，勉强地一口口咽下去，不禁想到了自己的妻子，现在对妻子的那种负罪感狠狠地勒住了自己的咽喉。和妻子之间本来就不多的感情，在结婚还不到一个月的时间里就慢慢地全都冷却下来。如果时间可以倒流，张舟浩多想回到和妻子的婚礼仪式上，回到两人相互许下结婚誓言的时候，相约相守一生、白头到老。记得婚礼结束宴请朋友的时候，有人问妻子如果再让她重生一次，还会不会选择嫁给他，当时妻子只是淡淡地说了句“我不想重来一次。”所有人听到妻子的话都笑了，张舟浩自己却没有笑出来，因为他知道妻子这并不是在开玩笑，所以就只是装作没有听到。妻子对自己彻底失望应该是在自己拿了新国家党的好处，开始为他们办事的时候吧，也就是从那个时候开始，张舟浩就很少回家了。却也一直都没有勇气同意跟妻子离婚，所以就一直拖到了现在。

“组长，您怎么都不经常回家？”宣雨申的问题打断了张舟浩的思绪，张舟浩笑了笑没有回答。

“您又已经一个多星期没回家了吧？”

“已经十天了。”

宣雨申有些惊讶地瞪大了眼睛。张舟浩自己觉得倒没有什么好惊讶的，现在想想，刚开始两天没回家的时候，连妻子的一条短信都没有，就想着“你不给我打电话，我也不给你打”，就这样第三天、第四天……不知不觉十天转眼间就过去了。

“夫人都没说什么吗？”

对宣雨申不停地追问，张舟浩倒也没有讨厌或是厌烦，只是不知道该怎么回答，就一直什么都不说，只是笑着。

“你以后可千万不要结婚。”张舟浩说着从口袋里掏出烟来，宣雨申立刻拿出打火机打着火就递过来，为了防止风把火吹灭了还特地用手挡着，可是再挡着也难免因为风吹，火焰渐渐变小，四处摇曳。张舟浩看着那微弱的火焰，又开口说道：“作为一个刑警还是不结婚的好，这也是为了咱大韩民国女性的幸福着想。”

张舟浩没有接着往下说，宣雨申也明白了他话里的意思。处理案子的时候十天半月不能回家是很正常的事，办案的时候一个不小心很有可能就一命呜呼，平时作为一个国家公职人员，时时刻刻都要注意自己的言行举止，一不小心就有可能被检举举报拉下马。所以一个刑警的妻子，丈夫的工资薪水微薄，还要整天提心吊胆地担心丈夫的安危，战战兢兢地过一辈子。

“所以说，组长您觉得自己对不起夫人吗？”

“当然对不起了，没能赚大钱给她过富裕的生活，不能天天陪在她身边，现在就连离婚都不肯放她走，这就是我，一个重案组刑警。”

“那您就回家看看吧！”

宣雨申的话逗笑了张舟浩：“现在是想回也不能回了，现在是上天入地也要找出金泰勋来。”

“那您打个电话……”

宣雨申的话还没说完，就被一声刹车声打断，是旅店老板回来了。

“是你们……打电话的吗？”老板下车走近两人，眼里充满怀疑地看着他们。怎么看都觉得张舟浩和宣雨申不像是来度假的，没有行李，更没有要来度假的人所特有的兴奋，唯有的就是满脸的疲惫。张舟浩一眼就看出来李忠洙是怀疑他们了。

“是的，是我给您打的电话。”宣雨申向前一步，出示了证件。李忠洙立刻不悦地皱起了眉头。

“你们不是来过了吗？三番两次地来到底是想干吗？”

“三番两次？”张舟浩没放过李忠洙所说的每一句话，三番两次地来，明明和宣雨申就来过一次，加上这次也才是第二次，现在李忠洙说三番两次地来，那就是说肯定还有其他人来过。张舟浩好不容易才忍住现在就揪住李忠洙问个清楚的冲动。

“没想到现在警察也这么会说谎呀！”李忠洙满脸不满地

说了一句。好不容易才休一会儿假就这样被这两个人给破坏了。

张舟浩不由得上火起来，自己不也是十天没有好好休息了吗？恨不得冲上去打李忠洙两拳一泄心里的怒火，但是现在有求于他不得不低头服软。张舟浩忍住满腔怒气，低头对李忠洙说：“十分抱歉，我们确实有事情再来调查一次。”

看到张舟浩的态度，李忠洙的态度稍微缓和了一些，虽然很讨厌这样被叫回来，但是碍于他们是在执行公务，也就不得不低头好好配合了。李忠洙微微皱着眉，从包里找出钥匙，回头对张舟浩说道：“先进来吧。”

张舟浩和宣雨申同时看了对方一眼，张舟浩点了点头，宣雨申脸色却有些晦暗。一旦进去开始调查，某些东西好像就变味了一样。

4

杨警官和道镇一前一后从金泰勋豪华的别墅里走出来，就像是被人家赶出来一样，有些狼狈。杨警官还对刚才道镇的表现很是不满，抱怨都是因为道镇的鲁莽冲动才让自己又白白跑来一次，还是什么线索都没有找到。

道镇拿着手机跟在后面，已经给宣雨申打过三次电话了，宣雨申一次都没有接。道镇感觉很奇怪，可是现在也没有别的办法，只能先等着。道镇回头又看了一眼刚才连屁股都还没有坐热的这栋豪华的别墅。别墅很大很豪华，内部装修也是华丽无比，就像是用钱堆起来的一样。金泰勋的权利也就像这栋别墅一样，在政界、商界只手遮天，翻云覆雨，政商界无不对他唯命是从，在他面前战战兢兢。可是那都是金泰勋生前的事了，现在他死了，死了之后他所占的地方不过也就半坪有余的一小块地，以天为顶，以地为底，和所有人一样，所有的权利随着他生命的终止也全都终止了。

“不上车？”杨警官坐在驾驶座上探出头来问道镇。道镇突然想到，不知道杨警官会怎么样死去。

“这就来。”道镇把刚才一瞬间的想法抛置于脑后，急忙上车。

5

“见过这个人吗？”旅馆小办公室里张舟浩坐在那张木制办公桌对面，宣雨申站在他后面，一直盯着李忠洙，努力克制住内心深处的紧张感。李忠洙则是歪在椅子上，显然还是心里很不满的样子，虽然嘴上不说，可是这副样子已经在很清楚明白地告诉张舟浩和宣雨申他一点都不欢迎他们的到来。

张舟浩拿着的照片李忠洙连看都没看一眼，就一副不耐烦的口气说："那样的人我怎么会……嗯？"李忠洙瞟了一眼照片才发现照片上的人并不是上次他们问过的金泰勋。李忠洙拿过照片，仔细看了两眼。张舟浩眼里透着精光。

"这个人……CIA……"李忠洙突然住嘴不说了。

"你是说 CIA？"

"没有，我就是乱说的。"李忠洙想了想继续说，"不久之前这个人来这儿住了两天，第一天倒也没怎么样，第二天突然说自己是 CIA，要在这里调查取证。"

"调查，他调查什么了？"

李忠洙仔细想了半天，其实是在考虑该怎么说才对自己最有利。肯定不能照实说，说着自己收了他的钱，还泄露了客人的私人信息。想了半天就随意编了两句："其实也没什么，第一天在房间里待了一整天，第二天下午很早就走了。"说完，又告诉张舟浩自己也没有跟他聊很多，也不清楚他的来历

张舟浩听完只是点了点头，李忠洙所说的第二天离开正是自己因为金泰勋的案子叫他提前回首尔的。张舟浩站起来，知道自己从李忠洙这儿再也问不出什么有用的东西了，他需要去别的地方再找其他线索。

"谢谢你协助我们的调查，很抱歉打乱了您休假，对不起。"

"没有其他事儿了吧？"李忠洙又问了一句，显然是再也

不想见到他们两个人了。张舟浩自然明白他的意思。

“嗯，我们也不想再来麻烦你了，再拜托你一件事，能不能让我们看一下他住过的房间？”

李忠洙犹豫了一下，虽然不乐意，但还是答应了。找出房间钥匙，就走出了办公室。张舟浩跟在后面，脸上满是决然。宣雨申走在最后，脸色更加晦暗了。

“我不相信。”宣雨申还是很难相信道镇会和金泰勋的案子扯上关系。虽然说道镇在度假地的问题上撒了谎，就算不是警察也能想到肯定是有什么不能说的原因。

“这世界上没有什么是不可能的。”张舟浩嘀咕了一句。

李忠洙在开房间的门，张舟浩牢牢地盯着他的后背。终于门开了，李忠洙叮嘱张舟浩尽量不要把房间弄乱了，离开之前一定告知自己，叮嘱完了，李忠洙就回自己的办公室了。

李忠洙离开后，张舟浩和宣雨申脱掉鞋子进了房间。房间收拾得干净整齐，就这样表面看来和别的房间并没有什么两样，也就是床、床头柜、小橱柜。张舟浩环顾着房间，在想就在这么一个狭小的房间里，道镇两天都做了什么事情。

虽然知道房间肯定都打扫过了，不会再发现什么，宣雨申还是习惯性地把床头柜的抽屉、橱柜的门全都一一打开检查了一遍。“根本就什么都没有，什么都查不到，组长？”宣雨申这才发现张舟浩根本就没有在听自己说话。

想要证明自己的猜想就必须找出足够的证据来，这就像要想抓住老虎就必须亲自下埋陷阱下套，单靠想是什么都做不出来的。张舟浩从口袋里拿出一个事先准备好的小瓶子，瓶子里的东西至少能够找出一些蛛丝马迹来证明张舟浩所想的到底有没有可能是真的。

“那是什么？”宣雨申有些不明所以。

“鲁米诺 。”张舟浩边说着边走到窗边把所有窗帘都拉上，以防止外面的光透进来。宣雨申紧张地看着张舟浩。张舟浩打开小瓶子，瓶子里并没有多少东西。张舟浩沿着床到小橱柜小心翼翼地将瓶子里的东西撒了一条直线。撒完之后，瓶子里就没剩多少东西在瓶底了，张舟浩又将剩下的全撒在了橱柜前面。

“关灯。”

听到张舟浩的指示，道镇犹犹豫豫地走到安着开关的墙边，手放到开关上，盯着张舟浩。张舟浩面无表情地看着宣雨申。关灯之后，事情真实的一面就会展现出来，宣雨申觉得与其知道一个残酷的事实，反倒还不如什么都不知道的好。或许这就是人的本性吧，都害怕面对未知的事实。在面对未知的事实的时候，人往往会展现出最最胆小的一面。犹豫了一会儿，宣雨申还是关掉了灯。

139

随着开关被关掉的“啪”的一声，宣雨申屏住了呼吸。

地上发出了蓝紫色的荧光，从床边到橱柜前面刚才撒过鲁米诺的地方全都零星杂乱地散布着点点荧光

“组长，这……”宣雨申惊讶地说不出话来。

“去车上再拿些鲁米诺来，打电话给杨警官确认他们现在的位置，让他给我打电话过来。”

“是。”宣雨申应声，立马奔出房间。宣雨申心里很清楚，在道镇住过的房间里发现的东西意味着什么，但内心深处一时间还是难以接受。颤抖不断的手、慌乱的脚步、快要哭出来的脸，所有的这一切都能看出来此刻宣雨申内心所受到的冲击有多大。对道镇的尊敬和崇拜都在这一刻土崩瓦解。张舟浩看着宣雨申，明白此时他的心情，但是却装作什么都没有看到。这所有的事实比想象中更残忍，可是这一切都需要宣雨申自己去慢慢接受。

不一会儿，宣雨申就又气喘吁吁地回到了房间，手里拿着装有鲁米诺的喷撒器，脸上满是绝望。

宣雨申把喷撒器递给张舟浩，毫无感情地开口说：“暂时还没有联系到杨警官。”

“继续联系。”

张舟浩从橱柜前面开始，把整个房间角角落落里全部都喷撒上了鲁米诺，甚至连洗涤槽和墙壁上都没有放过。随着地上

慢慢亮起来的蓝紫色的荧光，一个真实的场景也慢慢展现出来。张舟浩看着这一切，不敢置信，惊讶地“啊”的一声，蹲到了地上，“这情况看来，就是一刀一刀慢慢捅死的……”

6

道镇和杨警官埋伏在金泰勋家附近，密切注意金泰勋夫人的一切行踪。

“你还不打算结婚吗？”

杨警官长长地叹了一口气漫不经心地开口找话题跟道镇闲聊。这样埋伏着实在是无聊，只能找些话题打发时间。

道镇斜靠在车上，左手两个手指夹着烟，抬头望着漆黑的夜空，轻轻地吐出一口烟，像极了电影里的小混混。杨警官的问题让道镇脸上露出了些许心烦意乱的表情。结婚？结婚不过是找个人签个长期协议，凑在一起过日子罢了，正所谓“物以类聚”，夫妻两个人也肯定是臭气相投的一对，就像自己的父母。与其那样绑在一起相互牵扯着倒不如一个人这样来得潇洒自在。

看道镇心烦意乱的样子，也没回答自己的问题，杨警官又问道：“有女朋友了吗？”

道镇真想对杨警官说一句“闭嘴！”这会儿道镇正需要时间静下来仔细想想接下来的事该怎么办，偏偏杨警官还在一边问个不停，道镇不由得开始上火。看杨警官的样子似乎是自己不回答他就要一直问下去了，由着他问下去还不知道会问到哪些不着边际的问题呢！道镇皱着眉头不悦地说了句：“早分了。”这倒不是说谎，和在熙也算是分手了吧，只是这分手倒是含义稍微广了一些，虽然没有什么继续纠缠，但是在熙在这个世界上也不复存在了。道镇又想起了在熙，当初为什么会选择在熙这个女人做自己的性伴侣呢？这个女人和其他女人也并没有什么不同之处，唯一不同的可能就是与一般女人相比，欲望来得更强烈吧！

“原来是这样！”杨警官叹了一口气，倒还是没有要停下来的样子。

“把电话接了吧？”

“嗯？”杨警官显然没意识到道镇话里的意思，一脸茫然地看着道镇。道镇指了指放在车里驾驶座上的手机，手机屏幕亮着，显然是有来电，只是调成振动模式，没有听到铃声。

“啊？我什么时候调成振动了？”杨警官明明看到手机在驾驶座上了，可还是习惯性地摸了摸外衣口袋，才去打开车门拿到手机，这期间又花了近半分钟的时间。

“是，组长。”杨警官接起电话，听那边说了一通，极力压抑住满脸的惊讶，可是显然他的演技太差，甚至就连小学生都能一眼就看出他的假装。

“什么？”杨警官又惊讶地把声音提高了一个八度。道镇回头看向杨警官，不期然地正撞上他回头看自己的眼光，杨警官迅速转身回避了道镇。

“啊，那个，我这里现在还没有什么进展……好的，那就先这样了。”挂断电话，杨警官把手机直接放到了贴身口袋里。

“是，组长？”

“啊？啊！是的。”

“他们现在在哪儿？”

“啊？啊！刚才没问这个问题。”杨警官佯装笑了两声，继续说道，“我去一趟厕所，可能是刚才在金泰勋家里喝茶喝多了，呵呵。”

道镇自然是不信他的托词，不过还是假装不知道，笑着说：“快去吧！”

“嗯，我去那边便利店里上个厕所，可能时间要长一点。”

连问都没有问的问题，他自己倒是说了，显然是在刻意掩饰什么，道镇还是佯装什么都不知道，笑着回道：“嗯，你去吧，我会在这里好好盯着的。”

“嗯，谢啦。”显然杨警官的语气声调跟平时有很大的不同。

道镇没有忽略杨警官慌乱的步子和刻意努力忍住的紧张。道镇冷冷地盯着他离开的背影。

第七章　逃走

1

“欢迎光临！”

杨警官一进便利店就立刻拿出手机，朝店里最角落的地方走过去，完全不理会身后店员。便利店靠里的墙边放着一张长长的桌子，一个男的正在吃泡面，看到杨警官走过来，瞥了一眼，淡淡地没有理会继续低头吃着泡面。周围没有什么其他人，而且互不相识，在这里打电话不会引起别人的注意。杨警官给张舟浩拨了过去。

“杨警官。”

“组长，到底怎么了？为什么要避开玄警官给您打电话？有什么不能让他知道的吗？”

“确实是有很重要的事，你听好了。”张舟浩的声音比以往更加沉重、严肃，完全没有了平时吃饭聚餐时那种嘻哈玩笑的语气。其实从刚才张舟浩让杨警官避开道镇给他打电话，杨警官就意识到了这个案子可能和道镇有牵连。

张舟浩简明扼要地跟杨警官说明了大体情况。基本就是因为道镇之前在度假地上撒了谎，张舟浩有所怀疑，所以亲自又去了堤川调查，结果发现道镇所住过的屋子里发现了大量可疑血迹。现在国家搜查科的人已经介入调查，目前为止还没有发现金泰勋的尸体，但可以肯定的是金泰勋已经死亡。道镇现在是这个案子最大的嫌疑人，目前所有的事必须瞒着道镇进行。

听着张舟浩说这些情况，杨警官手里不住地冒冷汗："玄道镇目前和我正埋伏在金泰勋家附近，密切注意金泰勋夫人是否有可疑行径。"

得知目前道镇的情况，张舟浩命令杨警官不要打草惊蛇，继续盯着道镇，直到他们从堤川回到首尔为止。

挂断电话出了便利店，杨警官还有些不相信既知的这些事实，还在怀疑自己是不是在做梦。平时道镇虽有些不近人情，但也绝对不像是会做杀人犯法的事的人，反倒是就算别人得罪了他，也并不会报复的人。更何况在此之前，道镇和金泰勋又没有什么交集，又怎么会杀害金泰勋？回去的路上，杨警官的脚步异常沉重。回去该怎么面对道镇？该怎么维持一颗平常心面对道镇？该怎么装作什么都没有发生？该如何度过今晚？幽静的小路上，杨警官一直不住地叹气。

但是杨警官的这所有的担忧都是多余了，很不幸的一个事实，回去之后道镇已经不在了，只剩下空荡荡的车停在那里。

杨警官立刻打电话告诉张舟浩。

“我知道了。”张舟浩似乎早就料到道镇会逃跑，无奈地叹了口气。宣雨申走了过来，脸上满是担忧，但是却也没有开口问。张舟浩手里握着手机，不住地颤抖，就像手机随时会爆炸一样。张舟浩紧紧咬住下唇，忍着心里的火气，往窗外看去。整个“意外”旅馆附近都拉上了警戒线，尽管是大晚上，搜查仍在继续进行着，小旅馆在灯光的作用下犹如白昼。虽然在喷撒完鲁米诺之后一个半小时之后就开始搜寻金泰勋的尸体，但是到现在都还能没有找到。张舟浩强迫自己镇静下来，开口对宣雨申说：“他逃走了。”

宣雨申显然不太相信，张舟浩又斩钉截铁地说：“的确是逃走了。”最大的嫌疑犯逃走了，现在的情况不容乐观，张舟浩嘴里嘀嘀咕咕地咒骂着。身为刑警杀死新国家党总裁后遁逃，这足以上网络新闻头条了，足以让所有人震惊。

宣雨申还是不敢相信道镇真的会是这起案子的凶手，瞪大了眼睛，不敢置信地说：“到底玄警官和金泰勋有什么关系，以至于……”

“组长！”堤川的警察跑进来打断了宣雨申的话，气喘吁吁地站在张舟浩面前说，“尸体找到了！”

宣雨申和张舟浩同时相互看了对方一眼。在旅店后面的小山上发现了尸体，那里原本是要开发成旅游山道的，但是后来由于环境保护者的反对计划被搁浅了，而且那地方常有野兽出没，很少有游客会去那里，几乎是人迹罕至的地方。在堤川警察的带领下，张舟浩和宣雨申很快就到了，等待他们的是五六个袋子。

宣雨申犹豫着不肯上前，旁边的张舟浩脸上也难得出现了一丝胆怯。张舟浩盯着那几个袋子，眼神像刀子一样狠绝，嘴唇紧闭着，像是要把牙齿都咬掉一样，脸上表情绝对是恐怖，就像是盯着目标的野兽一样，恨不得立刻撕碎了眼前的东西。

张舟浩上前一步，从口袋了掏出白手套，走近那几个袋子，蹲下伸手打算解开袋子上的结。刚一触到袋子，就立刻感受到了那种惨烈的触感。周围静悄悄的，所有的人都屏住呼吸，注视着张舟浩的一举一动。很快袋子上的结就被解开了，张舟浩坚持着继续慢慢打开袋子。袋子里的东西就这么赤裸裸地展现在所有人面前。已经开始腐败的肉块，上面沾满了血，甚至于完全看不出这是肢体的哪一部分。所有人目瞪口呆，很快就有人恶心地开始吐了起来。尸臭味很快便在周围散布开来。

一个小时之后，又在房间后面发现了被挖开过的痕迹，在一堆树枝和树叶的掩盖下是被损坏的头部、腿和胳膊，单单缺了手指。

“竟然这么残忍……”宣雨申声音颤抖着。

“这么做肯定是为了掩人耳目，尸体肢解后再转移更容易。如果直接转移尸体，很有可能会被老板发现，这样肢解后装在袋子里不容易引起别人的注意。”

“实在是太残忍了。

“立刻去做金泰勋的DNA对比检测。”

杨警官接到尸体被发现的消息后立刻回到了警察局。现在道镇成了金泰勋这个案子最大的嫌疑人，必须对警察局采取一定的措施来避免媒体的曝光，一旦曝光之后，很快舆论的矛头便会指向警察局，到时候肯定会引起更大的麻烦，很有可能会成为众矢之的。

重案一组办公室里空荡荡的，所有人都为金泰勋的案子忙得焦头烂额。一部分人，和杨警官一样随时待命，另一部分人已经前往堤川现场。杨警官走到道镇的办公桌前停下了。桌上只有几个文件夹，一个电脑，一个笔筒，几个便签本，连一张家庭合照都没有。杨警官一直都认为道镇应该是一个人不犯我我不犯人的人，绝对的个人主义者，虽然自己并不看好这一点，可是对于道镇作为一个刑警出色的工作能力还是认同的。特别是在那个骇人听闻的志民大学杀人事件现场，道镇临危不惧，镇定自若展开调查，最后成功破案，让杨警官更是对他刮目相看。杨警官看着道镇的电脑，开始思考起来自己和道镇的关系。两人之间也只是简简单单的同事关系，并没有更深一层的了解，很难相信道镇会是杀害金泰勋的凶手。

“应该不是你吧？怎么会是你？肯定有什么误会吧？”杨警官盯着电脑自言自语。突然杨警官愣住了，电脑屏幕上反射出来两个人影，一个是自己，另一个是道镇。杨警官惊讶地刚要叫出声，可是就在那一瞬间，道镇用一根绳子勒住了他的脖子，一声“救命”就那样卡在了喉咙里。

2

“哐”的一声，道镇一脚踹上了审讯室的门，同时把杨警官扔到了地上。杨警官双手被道镇用手铐铐在背后，推倒在地上后挣扎了两下，试图爬起来，但却没有成功，反倒是把旁边的铁椅子碰倒了。道镇冷冷地看了一眼杨警官，被铐着双手的杨警官双腿还在挣扎着踹着椅子，试图引起其他人的注意，但是这在隔音效果极好的审讯室里显然都是徒劳的。

道镇毫不理会杨警官，独自在审讯室里转了一圈。审讯室里的墙都刷成重重的黑灰色，像极了暴风雨来之前的天空的颜色。房间正中央放着一张审讯时用的长桌子，偶尔局里也会在这里召开秘密会议，主要也是因为这里的隔音设备比较好。各个角落里都装有摄像监控设备，将所有审讯过程全部监控录制下来。一方面是为了防止审讯时警察和犯人之间会发生暴力冲突，另一方面也是为了方便观察罪犯的心理状态，协助破案。道镇呆呆地看着那些摄像头，突然想到如果把这一切都录制下来会是怎样惊人的效果。但是很快道镇便打消了自己的想法。道镇看了一下时间，自己必须在十分钟之内离开这里，时间有限，必须抓紧时间行动。

道镇叹了一口气，蜷着腿坐在了杨警官面前。一脸悠闲地拿出刀，锋利的刀刃在灯光下泛着冷冷的光。道镇把锋利的刀刃抵在杨警官的脸上，瞬间鲜红的血液便顺着刀刃流下来。杨警官挣扎得更剧烈了，嘴里发出“呜呜”的求救声。道镇把封住他嘴巴的胶带撕下来，同时拿食指抵在他的嘴唇上，示意他不要出声。

“你为什么要这么对我？”杨警官颤抖着声音问道。

为什么？如果说为什么，道镇觉得只能跟他说“因为你运气太差了，因为恰巧是你在这儿让我遇到了。”但是道镇什么都没说，只是一脸嗜血的表情看着他。

“我……我可以帮你逃走，不，不是，你想要什么，我都给你，你不要杀我。你知道的，我家里还有三个孩子，最大的才上初二，家里还有房贷……”杨警官一脸要哭出来的表情哀求着道镇，话说得更是语无伦次，说到最后甚至连眼泪都流出来了。

道镇一脸厌恶地看着杨警官，突然觉得还不如直接把他的嘴再给封住。但道镇还是和颜悦色地对他说：“我什么都不需要。现在调查到什么地步了？为什么突然就认定我是嫌疑人？”

杨警官没有立刻回答道镇的问题。道镇歪着头又叹了一口气，握着刀慢慢沿着杨警官的身体向下移，直到刀尖直指他的腹部，距离只有两公分，杨警官这才惊吓地大声开口道：“说谎！”道镇停下手里的动作，看着杨警官，示意他继续说。

“你说谎了，全被他们知道了。”

道镇皱着眉看着杨警官。

“度假地，你之前撒谎说去铁原度假，现在他们都知道了，证据也找到了，旅馆老板看了你的照片证明你去的是他那里……你住过的房间里有鲁米诺反应，所以现在国搜科……”

听到这道镇就全明白了，这些就足够证明自己是嫌疑人了。

“你听好了。”道镇面无表情地开口说。杨警官大气不敢出一口，一脸害怕地看着道镇。

“不是我，金泰勋不是我杀死的。”

“我知道……”

“你相信？”

“当然相信，你去自首，嗯？我给你做证。”

道镇听到这儿心情不错地笑了，但是很快那笑容便冷了下来，“但是你不能证明。”说完毫不犹豫地朝杨警官的腹部一刀扎下去，像美食家品味美食一样，欣赏着杨警官的表情。刚一开始是一脸的惊慌失措，瞪大了眼睛看着道镇，眼睛焦点晃动得厉害。然后像电影里的场景一样，肩膀慢慢地倒下去，似乎这会儿才意识到发生了什么事情一样，惊讶之后随之而来的是剧痛，喉咙里只剩下“额……”，额头上因为剧痛而青筋暴露。

“我以前曾经给警察学校的学生做过讲座，告诉他们千万不要在一个心理变态的人面前露出恐惧的表情来，现在也这样告诫你。不管怎样，还是谢谢你相信我。”道镇说完，慢慢地拔出了插在杨警官腹部的刀。杨警官的脸因为剧痛已经扭曲变形，道镇又一刀扎在了他的脖子上。顿时，血流如涌，杨警官的脖子像是折断了的朽木一样，“咔”的一声，头向一边偏去，彻底没了气息。

3

审讯室里“咔嚓、咔嚓……”闪光灯不断，溅了血的墙上，沾满血的刀，最后落在杨警官扭曲僵直的身体上，冰冷无情的灯光仍然继续，这是国搜科的人员在进行现场拍照。

“立刻逮捕玄道镇，立刻派人严密把守出入首尔的所有高速公路、国道口。”

“是！”重案二组的两名便衣刑警同时应声，接到命令后立刻去执行。现在重案一组的大部分人员都在堤川，重案二组人手补充进来。更重要的是现在重案一组大恐怖笼罩着，之前对金泰勋的案子无比上心的道镇突然成了最大的嫌疑人，还杀死了几年来一直同甘共苦一起工作的同事，这样的事实面前，所有人都很难相信，所有人心头都被恐怖笼罩。所有人心里都有一个疑问，究竟是为什么？究竟是为什么要杀死金泰勋，为什么要杀害杨警官？

已经通过监控录像看到，道镇拖着杨警官进入地下审讯室，仅仅几秒之后，就有信访处的人员路过，但是就差那么几秒就错过了，没有发现。所有人都在想，如果他再早一点出现，就早那么几秒钟，杨警官会不会就不被杀害？所有人也都在心里暗暗庆幸，庆幸被杀害的不是自己。

张舟浩伸手摸了一下地面上的血，地上湿淋淋的一片全都是血，血也都像他的主人一样，失去了温度，慢慢干结在地上。腹部和脖子上的两处伤口，流出来的血几乎淌满了整个审讯室。据国搜科的人安慰似的说，脖子上的伤口比腹部的要深很多，杨警官死的时候痛苦应该少了很多。

“准备把尸体搬出去。”两名刑警抬起担架正要出去。

“等一下。”张舟浩慢慢站起来，走近担架。杨警官眼睛仍然瞪得圆圆的，显然是因为死之前的剧痛所致，上下牙齿紧紧地咬在一起。张舟浩伸手抚上杨警官的眼睛，手掌感觉到了一股异于这个世界的温度。收回手，后退了一步，向两名刑警点了点头。两名刑警会意，抬着担架出去。

看着尸体被抬出去，张舟浩沉沉地叹了一口气。宣雨申呆呆地靠墙坐在审讯室另一侧地上，从确认了是杨警官的尸体之后就一直是这个样子。其他刑警或是呻吟感叹，或是愤怒，唯有宣雨申就一直这样眼睛放空，呆呆地坐在那里。

“宣雨申！”张舟浩喊了一声。

“怎么会，怎么会……”

“不要这样，宣雨申，一点用都没有。”

宣雨申眼睛湿润地看着张舟浩，张舟浩一脸冰冷。

“组长您一点儿事儿都没有吗？这么震惊的事，你怎么做到……”

“宣雨申！”张舟浩大吼了一声，“你给我听好了，宣雨申，杨警官已经死了，我们不能让他死得不明不白，你在这里哭的时候，玄道镇已经逃跑了，我们现在的主要任务是把那浑蛋抓回来。”

宣雨申没有回答。

“现在马上去联系所有人，千万不要惊动记者，这件事现在绝对不能被媒体知道，一定要保密。”

宣雨申咬着嘴唇，看着张舟浩，“我……”宣雨申深吸了一口气，“我先去联系家属。”说完，宣雨申一滴泪水落在了地上的鲜血里。

4

黑暗能够掩藏住一切。道镇坐在旅馆黑漆漆的小房间里，连灯都没有开，在这样的黑暗里，才能对声音更为敏感。房间里只有透过一扇小窗漏进来一缕微弱昏黄的灯光，照在道镇头顶。道镇是两个小时前来到这里的。

从警察局逃出来后，道镇取出了所有的现金，幸运的是取现金的时候，银行的警铃并没有响起，自己来这里的途中也并没有什么异常，也就是说那个时候自己还没有被通缉。比道镇自己预期的要晚很多。杨警官的尸体被发现后，也就有了充足的证据对自己下逮捕令，在尸体被发现之前这段时间，自己有了充足的时间躲到了这里来。

这会儿杨警官的家人应该已经陷入恐慌之中了吧。确认了杨警官的尸体之后，他们肯定会哭着自己的丈夫、父亲、儿子，不肯承认他已经被杀害的事实，然后开始恨着道镇，恨不得将道镇碎尸万段。

其实，道镇对杨警官一点愧疚之心都没有，在那种情形之下，道镇不得不杀死他。道镇抬头看着天花板，想到自己为什么会走到这一步呢？杀死杨警官的时候全都被监控拍摄下来了，如果那时自己不杀死杨警官，他真的能证明自己没有杀死金泰勋吗？根本不可能，当时看到杨警官充满恐惧的脸，不断挣扎的身体，自己都感觉到血液里沸腾着一股兴奋，再加上金泰勋的尸体已经被发现，自己根本就不能脱身了。如果自己当时没有去“意外”旅馆会怎样呢？不去也就不会发现金泰勋的尸体，也就不会把他肢解。所以这一切还要怪在熙，如果不是在熙自己就不会去那里度假，自然也就不会去“意外”旅馆。道镇突然意识到，那“艺术家”会不会一早就知道道镇，所以才设下这一切，故意将所有的罪责全部都推到自己身上？回想之前发生的所有事，存在很多个“万一”的可能，而把自己和“艺术家”链接在一起的就是那个房间。道镇慢慢整理自己的思绪，总觉得其中减少了什么，而正是少了的这部分东西是绝对不能忽略掉的东西。“房间？”道镇脑海里有什么东西一闪而过，一种奇怪的感觉涌上来。所有的这一切好像都是计划好的，看似毫无关联，但是仔细想来却感觉像是一个早就设定好的局，所有的一切不过是按着预先设计的一步步进行到现在。

金泰勋被杀害，自己偶尔发现他的尸体，然后肢解处理掉，重案一组又负责这个案子，自己撒谎度假地之后，老板又出来指证自己，自己成为嫌疑人，然后告知杨警官，自己为了知道案子进展情况威胁杨警官，然后杀死他。最初自己为什么会到那个房间去?

当初，当初，“宣雨申？”

5

两天之后，道镇的名字登上了各大新闻的头条。

“是谁？到底是哪个浑蛋向记者泄露了情报？啊？”张舟浩生气地大吼大叫，本来就被案子搞得神经脆弱了，现在又出了这个情况，张舟浩忍不住发火，但是很快张舟浩便住嘴了。已经发生的事了，再生气愤怒也没有办法改变，反倒会让别人再抓住把柄。记者都是无孔不入的，越想隐瞒反而越容易泄露，正所谓好事不出门坏事传千里。现在他们既然已经知道了这件事，肯定不会善罢甘休。不过事情被报道出去之后，暂时还没有引起舆论对警察局的攻击，目前还就在评论案子本身。

压下心里的怒火之后，张舟浩坐下来开始想整个案子的头绪。金泰勋妻子面对这件事脸上一直是面无表情，张舟浩对此很是奇怪。正赶上大选，金泰勋又是这次大选的有力竞争者之一，这个节骨眼上失踪，最大的嫌疑人还是身为刑警的玄道镇，再加上现在玄道镇残忍地杀害了同事，在社会上引起一片哗然。

警察局现在也是危机四伏。负责金泰勋案子的调查部门竟然出了一个杀人犯刑警，让人很难置信，重案一组很有可能就此解散。但是张舟浩却不想就此撒手不管这个案子，张舟浩一定要亲手抓住道镇。所以给警察局局长打了一个紧急电话。

“什么事？”局长语气里有些不耐烦。

“听说上面已经禁止重案一组参与调查金泰勋的案子了？”

“确实有这样的意思。”

“拜托您阻止一下。”

局长有些不屑地笑了：“你现在是在跟我开玩笑呢？”

“必须这么做。一旦我们一组被禁止参与调查，那么接下来就是对我们包括对您的监视调查了。”

电话那边局长思考了好久。张舟浩说得确实没错，一旦一组开始接受监视调查，那么所有的矛头就会指向警察局，自己这个局长也会成为众矢之的。

“之前您也给上面办了不少事，相信这对您来说也不是什么难事。”张舟浩显然不是拜托的语气，直接是要求了。现在两人是被绑在一条绳子上的蚂蚱，生死相关，局长不为别的就为自己也会好好办好这件事的。张舟浩说完立刻挂断了电话。

挂断电话后，张舟浩透过窗户望着外面，平息心里的怒火。

“组长。”宣雨申的声音在背后响起。那天之后已经两天了，宣雨申表面看来似乎已经从悲痛中走出来了，但其实张舟浩知道他只是把悲伤掩藏在了心底，集中全部精力处理眼前的事情。看着宣雨申苍白的脸庞，张舟浩心里一阵发冷，大概只有在没人的时候宣雨申才会让自己的悲痛流露出来吧。

“现在走吗？”宣雨申问了一句。

“走吧。”张舟浩犹豫了好一会儿才叹了一口气，低沉地说道。听到张舟浩这句话，重案一组所有人都沉默着开始行动。和平时不一样的是这次所有人都是黑色的上衣黑色的裤子，面如土色，像极了来自阴曹地府的索命无常。

重案一组即将面对的是守在警察局大门外的一大群记者。这些记者就为了抢先抓到最新的新闻，不管白天黑夜一直守在这里，似乎比所有人都更加关心案子的进展情况。这些记者也不容易，运气好的话采访到一条新闻可能会在九点新闻联播里，有二十秒出镜的机会，运气不好的话就只能这么一辈子碌碌无为下去。

到了警察局一层大厅之后，张舟浩停下脚步，后面几十号人也都跟着停下来。张舟浩回头慢慢地扫视过每一个人的脸，轻轻地叹了一口气，慢慢又转过身，深深地吸一口气，打开着一层大厅的门，瞬间数百台摄像机闪光灯聚集在他们脸上。

重案一组全体成员都到了之后，杨警官的入殓仪式也正式开始。出席仪式的除了警察局的人没有什么其他人，杨警官从警十三年来，一直都是忙于工作，没有什么时间结交朋友，甚至连和以前的同学朋友聚聚的时间和精力都没有。

出殡的时候杨警官三个年幼的孩子走在最前面，脸上满是哭过的泪痕，眼里充斥着悲痛。后面跟着已经哭晕过六七次的妻子，再后面是坐在轮椅上的年迈的老母亲，张舟浩和重案一组的所有人跟在最后面。

一群记者为了报道甚至不顾其家人的悲痛，一路跟在身侧，闪光灯“咔嚓咔嚓”闪个不停。宣雨申停下来，沉默地看着这群记者，但是却什么都做不了，没法怪他们，这是这个社会的常态，这个时代的产物，对别人的漠视。

这时突然有人从宣雨申的侧前方跑过来，是来协助办案的重案二组刑警郑振雄。

“这个。”宣雨申接过郑振雄的薄薄的文件夹，递给了张舟浩。之前张舟浩拜托过重案二组，不论什么时候只要发现线索就一定要第一时间告知自己。张舟浩接过文件夹，仔细看了起来。一页，一会儿又翻了一页，看过之后又重新看了第一页，看过之后，张舟浩的脸色更加决绝了，像是做了什么重大的决定一样，一脸决绝地看着郑振雄说："一个小时之后召开记者会，麻烦准备一下。"郑振雄接到任务后，向张舟浩行了简单的点头礼，快步离开了。

张舟浩拿出手机再次确认了刚才收到的来自局长的短信——"继续参与调查"。

6

几大电视台几乎是直播了杨警官的出殡仪式，甚至连少儿频道也以字幕快报的形式报道了出殡仪式。道镇在想在这样欢乐的儿童节目下插播这样骇人听闻的新闻，不知道家长会不会去投诉电视台。

道镇靠坐在旅店昏暗的小房间的墙边，一边吃着薯片喝着酒，一边考虑自己现在的处境。喝酒吃薯片一方面是因为只喝酒会容易醉倒，现在的情形绝对不能醉倒；另一方面也是因为现在不方便出去吃饭，只能靠这个先凑合着了。道镇甚至想现在立刻就回重案一组亲自去看看调查到什么地步了，但是那样做风险太大，也只能是不得以之下才能走的最后一步棋。道镇再一次整理了整个事情的前后始末。

161

最开始是在熙提议要一起去度假，道镇便上网查找合适的度假地。宣雨申偶然间看到道镇的搜索内容，就给了道镇一本旅游指南，说上面标出了一个不错的选择，建议道镇看看，那个不错的选择正是堤川的“意外”旅馆。但是之后去堤川调查的时候，宣雨申却表现出一副完全是第一次去那里的样子，这一点很奇怪。当时宣雨申到底在想些什么？

突然电视里开始播放新闻，道镇回过神来开始看电视新闻。电视画面里一片混乱，画面上是正在运送尸体的汽车，画面左端正在播报的主播的话引起了道镇的注意，“稍后，负责这个案子的松波警察局重案一组将会举办记者会，发布最新的现场调查消息。在报道这个案子的过程中，很多人质疑重案一组在调查过程中是否有故意包庇嫌疑人的行为，今天的记者会他们能否澄清这一事实？另外，也有消息称这个案子或将会转交重案二组负责，但是重案一组强调一直都是一组在负责这个案子，对案子更有把握，那么案子究竟能否成功转交呢？据悉今天的记者会上还会提及金泰勋总裁的案子，敬请收看。”

道镇喝下一大口啤酒，又塞进嘴里几个薯片，“咔嚓咔嚓”嚼着，继续看新闻。过了一会儿，画面里一阵混乱，然后张舟浩出现了。看到这，道镇皱着眉头骂了一句：“妈的，浑蛋！”

“记者会现在开始。”

162

所谓的记者会不过就是张舟浩把目前掌握的线索一一汇报一遍，道镇焦急地等待着不知道还有没有新的自己不知道的消息。“就目前所掌握的线索来看，最大的嫌疑人是松波警察局的刑警玄道镇。”张舟浩最后这样说道。

“目前还有其他的证据吗？就现有的证据来看，确实足以证明玄道镇就是杀害杨警官的凶手，但是金泰勋的案子上是不是证据有些不充足呢？”记者团第三排最右边的记者举手提问了这个问题。问完之后立刻在笔记本上准备速记。

证据？道镇仔细回想自己有没有留下什么证据。

电视里张舟浩沉思几秒，一脸决然地开口：“今天有了一个新发现。”停顿了几秒，又小心翼翼地继续，“在发现金泰勋总裁尸体的旅馆里又找到了被遗弃的尸体的一部分。”

“一部分？能说明一下具体是哪一部分吗？”

“……是手指。”

道镇不屑地“哼”了一声，又“咔嚓”嚼碎了一片薯片。手指？道镇当时把手指故意就那样直接冲进了水槽的下水道里，现在就凭在下水道里发现的手指就能作为指证自己的证据？可是，张舟浩接下来的话让道镇有些不可思议。

“在这其中发现了嫌疑人玄道镇的头发。”

不一会儿，记者会结束，紧接着是各种内衣广告，道镇慢慢拿起遥控器关掉了电视，瞬间黑暗和寂静湮没了整个房间。张舟浩的话还在道镇的耳边回响，难以置信，根本就不可能会发现自己的头发。自己发现金泰勋的时候，他已经只是一具尸体了。根据记者会的内容，现在警方断定是自己先和金泰勋发生打斗之后杀死了他，所以在金泰勋的手指甲上会残存有道镇的头发。但是，已经死去的人怎么可能再站起来揪下自己的头发？所以这一切根本就不可能。

道镇翻来覆去地考虑这个问题，最后只能得出一个答案，那就是有人在背后操控着这个案子，并且现在还在继续操控着。费了九牛二虎之力操控这个案子，还把自己也拖进去，这个幕后的“艺术家”肯定是自己身边的人，“宣雨申”，宣雨申先去“意外”旅馆把金泰勋的尸体放在那里，然后再推荐自己去那里，那么宣雨申很有可能就是“艺术家”了。

道镇霍地站起来，迅速穿戴好黑衣黑帽，准备出去调查清楚。

第八章 家

1

张舟浩和宣雨申开车来到了位于江南区的道镇的家。江南区是首尔典型的富人区，这里全部都是高级公寓。张舟浩和宣雨申一下车就不由得感叹连连，已经是深夜，可是道镇公寓所在的小区里仍然是灯火通明，亮如白昼，小区全是最新的现代化设施，精致奢华。

“呀，以前就只是听说过……”宣雨申仰望着二十一层的高级公寓情不自禁地感叹。

张舟浩皱着眉头环顾着四周，这里的公寓仅物业管理费就不是一般人能支付得起的，一套公寓的价格对一般人来说就是天文数字。之前调查道镇的时候也去过他父母那里，据他们说自从道镇在警察局开始工作后就不再支付道镇任何生活费了。很难想象道镇作为一名普通的刑警是如何担负得起这么高昂的房价的。

“现在才知道原来玄道镇真的是富二代哪！”宣雨申仍不住地感叹。

听着宣雨申的感叹，张舟浩苦笑了两声，不禁想起了去拜访道镇父母时候的情景。他的父母是在百度百科里都能搜索到的名人，看过两人的履历之后，张舟浩也觉得道镇这样的豪奢的生活肯定是靠他的父母才得来的，但是在亲自见了他的父母之后，才发现事情根本不是自己所想象的样子。道镇的父母知道他所做的事情之后，显然是受到了很大的冲击，但是脸上却连一丝一毫的担心都没有，仅仅只是不高兴，为这样的儿子感到耻辱，甚至可以说是怕道镇的事情影响到两人的公众形象。当时道镇的母亲很快表态，虽然对道镇所做的事情很抱歉，但是这些事情没有必要跟他们说。道镇高二的时候就已经独自搬出去住了，和他们断绝联系已经十五年多了，对他们来说不论道镇做什么事情，只要不辱没他们的面子就行，其他的跟他们都没有关系。现在道镇所做的这些事，只要不牵扯到他们，他们完全可以置之不理，但是一旦扯上他们，就绝对不会坐视不管的。

“组长，这里。”宣雨申指着公寓的一个入口。张舟浩什么都没说，从口袋里拿出从物业那里拿来的钥匙，打开门。张舟浩和宣雨申担心会有意外发生，所以放慢脚步慢慢走进去，四周寂静无声，被一片黑暗笼罩。张舟浩伸手摸到了墙上的开关，一共六个，按下第一个，玄关处的灯亮了，张舟浩又紧接着按下了剩下的五个开关，瞬间房间里的灯全亮了起来，照耀大理石地板，明亮晃眼。

“哇！”宣雨申又感叹起来。没想到内部的装修比想象的更加奢华。客厅墙上挂着超大的液晶屏幕电视，真皮沙发，酒吧台，还有能将整个城市夜景尽收眼底的落地窗，所有的一切都是华丽耀眼。

“先进去看看能不能找到什么可疑的线索。”张舟浩边说边脱掉外套放到地上，叹了一口气，现在也只能先在道镇的家里搜查看看能不能找到些证据了。戴上手套准备好一切之后，张舟浩发现宣雨申还面对着墙站在那里一动不动。

“你干吗呢？”

“组长……”宣雨申满脸疑惑地看着张舟浩。

“怎么了？”张舟浩对宣雨申表示有些惊讶，宣雨申往旁边站了站。墙上挂着的是一只小狗的标本，小狗是一副热情欢迎助人的神态。虽然很残忍但这样收集动物标本是很多有钱人喜欢干的事情，并不值得大惊小怪。张舟浩只是淡淡地说小狗挺特别的。

“但是，这小狗……”

“啊，你是动物保护协会的？时间不多了，抓紧行动！”张舟浩边呵斥宣雨申边朝书房走去。即使这样，宣雨申还是一动不动地站在那里呆呆地盯着小狗标本。这小狗正是当时那件情杀案子现场的那只小狗。那是宣雨申第一次见道镇那样温情的一面。“过来”，当时道镇温和地笑着对小狗的样子突然又出现在宣雨申的脑海里。没想到会在这里再一次见到这只小狗，只是现在这小狗已经是一个没有生命的标本了。看着小狗，宣雨申一阵冷战，身上起了一层鸡皮疙瘩，突然感觉到了道镇的残忍。

“你干吗呢？还站那儿！”张舟浩站在书房门口，显然是出来警告宣雨申的。

“抓紧！”

“是！”宣雨申这才开始搜查起来。

没想到在这里几乎是一无所获。搜遍了书房、衣帽间，连洗手间都找过了，完全找不到任何线索，甚至连道镇藏身的任何线索都没有找到。就连能证明道镇和金泰勋关系的任何线索都没有。整个家里干净整洁，唯一能证明道镇残忍的也就只有墙上那只小狗的标本，搜完最后一个房间——道镇的卧室之后，张舟浩几乎都要绝望了。本来还期待着能在道镇的家里找到一些线索，通过这些线索找到道镇的藏身之处，现在看来几乎是不可能了。一般的罪犯都会选择藏身在朋友家或者女人那里，通过搜查他的家里通常会找到一些线索，但是道镇的家里是一点儿线索都没有。在此之前，道镇是松波警察局的一名刑警，平时不会有时间出去结交朋友，女人也是一样，在警察局能见到的女人除了女警、女罪犯，大概就是其他刑警的家属了。

“什么都没有发现。”宣雨申进来卧室向张舟浩报告。

“这里也是。”张舟浩几乎要放弃了，站起来打算离开。

“那现在怎么办？”

“走吧！”

宣雨申什么都没有说，转身出去。张舟浩走到卧室门口，转身再次扫视了一遍卧室，不知道道镇一个人在这里的时候会想些什么，做些什么呢？关上灯，正要出去，张舟浩再次停下来，被卧室里的一处吸引住了。关掉灯之后，房间里还有一处亮光，但却不是窗口透进来的光，光源在墙上。左边的墙上发着光，像是从墙上的裂缝里发出的光一样，呈三角形。张舟浩一下子有些紧张，再一次打开卧室的灯，三角形的亮光消失了。张舟浩走近出现三角形亮光的墙壁，盯着墙上挂着的那幅油画看了好一会儿，才肯定油画背后肯定有什么东西。刚开始看这幅油画并不觉得有什么特殊之处，现在仔细看过之后才发现油画背后还大有玄机。

“您在干什么呢？”宣雨申又进来问张舟浩，但是张舟浩没有作声，全神贯注地在研究那幅画背后的玄机。宣雨申走近张舟浩站在他旁边。张舟浩伸手推了推画，很牢固，一动不动。然后又像推拉门一样朝向右侧推动，“哐当”画动了。张舟浩看了一眼宣雨申，宣雨申惊讶地咋舌。张舟浩又使劲推了推，整幅画向右边移去，露出画背后的另一番景象。两人站在那里震惊了。油画后面是一个三角形的小展示柜，上面摆放着一只红色的高跟鞋和一个国会议员的徽章。

“真的很难理解！”

“以前办案子的时候不也见过这样的人吗？”坐在副驾驶座上的张舟浩头靠着车窗玻璃面无表情地说。夜晚的各种灯光错综交杂在一起，正如此刻张舟浩的思绪，各种想法交缠在一起，心烦意乱。张舟浩现在并不是想赶快回到局里，而是想独自一人打个出租车安静地理一下思路，或者是希望宣雨申暂时闭嘴安静一会儿。但是宣雨申好像没明白现在的情况，还是一直在说个不停。

“所以我更想不明白了，一旦被指认为嫌疑人，肯定是先搜查家里，一般人都明白的道理，玄道镇怎么会不知道？还是说他没有料到咱们会发现这些东西？”

问题不在于这一点，而在于道镇根本就不认为自己会被逮捕，对于这样的心理变态的杀人犯来说，杀人其实是一种游戏，即使是知道杀人是犯法的，但是对于之后的事却不会去想。很多这样的变态杀人犯都十分享受在自己独有的空间里展示杀人所获得的战利品。或许在这些战利品里能感受到一种征服欲吧。

“单单这些东西并不能说明什么，必须看这些东西背后的价值。”张舟浩言简意赅地解释。

“但是这些……”宣雨申用下巴颏儿示意张舟浩放在后座上的东西，正是刚才在道镇家里找到的高跟鞋和徽章，徽章可以肯定是金泰勋的东西，“是不是说还有另外一个死者？”宣雨申单就这样想就觉得一阵后怕，边开着车边打了一个冷战。

张舟浩回头又看了一眼高跟鞋，看着就让人眼晕的高度，炫目的红色。和徽章放在一起，红色的高跟鞋，足以证明还有另外一个死者，并且是个女人。“应该是吧。”

“呼……”宣雨申叹了一口气。

张舟浩想了一会儿问道：“女人为什么要穿高跟鞋？”

“啊？”显然张舟浩问了一个不合时宜的问题，宣雨申有些惊讶。

“为什么要穿那么高的鞋子？走路、干活难道不会累？”张舟浩又问了一次。

宣雨申耸了耸肩表示自己也不理解，但是想了一会儿又开口说道："可能就只是因为漂亮吧！"

"嗯。"

"怎么了？您夫人也穿这样的高跟鞋？"宣雨申开玩笑似的又问。

张舟浩转头看向窗外。自己并不知道妻子是否也会穿那样的高跟鞋，连有没有也不知道，应该没有吧。结婚之后妻子应该就不能穿那样的高跟鞋了吧。作为刑警的妻子总会遇到各种各样的"威胁"，穿这样的高跟鞋总会不方便的。张舟浩心底里也觉得女人结婚后就没必要再穿那样的高跟鞋了，看起来会很放荡，婚后的女人外出最好是不要打扮得太招摇，女人还是端庄贤惠的好，那才是女人该有的美德。妻子结婚后，因为自己的干涉就连同学聚会以及其他各种聚会都很少去，现在想想张舟浩倒觉得有些愧对妻子了。不过张舟浩一直都希望妻子能安安分分地待在家里，一不在家张舟浩就会不安，总是会想到自己工作时遇到的各种大大小小的案子，担心妻子会不会也会遇到同样的事。妻子也曾向朋友抱怨张舟浩的这些行为，朋友也只是劝妻子说上了年纪的男人都喜欢管闲事，这是张舟浩偷看妻子的日记发现的秘密。不知道这红色高跟鞋的主人会是怎样的一个女人？如果真的已经被杀害了，那她的尸体又在哪里呢？

张舟浩打开手机看了看，妻子今天依然还是没有给自己打电话。上午好不容易下了很大的决心给妻子发了条短信，可是到现在都没有回复，张舟浩咬紧了下唇。

2

杨警官脖子上黏稠的血液不断往外涌着，盯着道镇的眼里充满怨恨，眼球里白色的部分也因为疼痛而渐渐地布满血丝，渐渐地失去生命的气息却还是咬着牙，满是憎恶地从牙缝里蹦出道镇的名字。渐渐地杨警官的脸变成了在熙的脸，在熙的脸上满是对死亡的恐惧。一瞬间在熙又变成了金泰勋，已经死去多时的惨白的皮肤……三个人的脸轮流转换，杨警官、在熙、金泰勋，然后又是杨警官、在熙、金泰勋……渐渐地速度越来越快，道镇的呼吸也越来越急促，整个身体因呼吸困难而僵直，胸脯起伏越来越大，最后“霍”的一声，道镇从梦中醒来，一下子坐了起来。光照着眼睛还没适应过来，微眯了一会儿眼才恢复正常。心脏似乎还没从梦中恢复过来，怦怦直跳，身上满是汗水，环顾了一圈四周，还是自己藏身的旅店小房间，道镇这才意识到自己刚才是在做梦。

清醒过来之后立刻感觉到头疼欲裂，道镇抬手扶住额头，皱着眉头揉了揉，一点效果都没有。以前这样的时候，吃一片止痛片就可以，可是现在却连个止痛片都没有。眼下到处都是新闻报道杀害金泰勋的凶手就是道镇，所有人都能认出道镇这张脸，再加上现在这个时候药店里人肯定很多，出去太危险了。

道镇看了看自己现在所面对的局面，不禁又想到了宣雨申。“您在找度假地呀？看看这本杂志吧，标出了几个不错的地方，您可以参考下。”宣雨申说完就给了自己一本旅游杂志。当时，在熙说她的丈夫正好那几天都不在家，央求自己陪她去度假。在此之前两人之间的关系一直仅仅维持在性伴侣的程度上，渐渐地在熙开始要求更多，甚至是提出要离婚和他在一起。道镇正想借度假来结束两人的关系，所以寻找合适的度假地。但是做了刑警之后就再也没有出去度过假，对度假地全都不了解，自然要在网上查询。当时宣雨申也就趁这个机会给了自己那本旅游杂志，一本国内很常见的杂志。道镇翻看了杂志后，觉得上面推荐的几个地方都差不多，唯独有一个地方被单独标了出来，就是“意外”旅馆。当时还在想“看来宣雨申对这个地方还挺熟悉，难道在那里服过役？”现在想来，正是从那个时候开始自己掉进了这个圈套里。

但是现在道镇还是想不明白宣雨申这么做的原因。宣雨申到底是怀着怎样的想法操控着这一切，把自己推进来的？到底为什么要杀死金泰勋又推到自己身上？道镇边思考着这些问题，边收拾自己的东西，清理了自己在房间里留下的所有痕迹，三十分钟之后，道镇提着自己的包离开了房间。

3

张舟浩和宣雨申开车刚到警察局门口，就有一群记者像狗一样围上来。宣雨申深吸一口气，慢慢地放慢速度，一点一点地挤开人群，缓慢地把汽车开进院子里，幸好记者不能进入警察局大院。

“下车吧。”车停稳后，张舟浩对还没回过神来的宣雨申说道。宣雨申又叹了一口气，似乎还没有要下车的意思。张舟浩理解此刻宣雨申的心情，记者团每天这样守在警察局门口，也就意味着目前的舆论压力有多大。

张舟浩正解着安全带，这时手机响了，是个陌生的号码。这样情况下极有可能是记者打来的电话。稍微犹豫了一下，张舟浩还是接了电话。

“喂，你好！”

“请问是张舟浩先生吗？”显然不是记者打来的，如果是记者肯定会说“请问是张警官吗”。

“我是，你是？”

“我这儿有您的快递，您现在在家吗？”

“原来是快递。”张舟浩嘀咕了一句，这才意识到自己刚才接电话时有多紧张。车窗外传来“咚咚”两声敲击声，张舟浩抬头示意宣雨申先上去。宣雨申向张舟浩行了一个点头礼，转身进了办公楼。张舟浩继续接电话。

“啊，现在家里没人吗？”

“嗯？”快递员显然没料到张舟浩会这么问。

“哦……”

“按了几次门铃都没有人出来开门，是先给您放传达室里，还是？”快递员语气很不亲切，很明显是忍着火气。

“是什么快递？”

“是 JC KOREA 杂志。”快递员叹了一口气，有些生气地回答。JC KOREA 是妻子一直订阅的杂志。

“是这样，这个也不是很急，不太方便放在传达室里，能不能明天……”

“抱歉，我们也很忙，先给您放在消防栓里了，您回来自己取吧！”

“不是，消防栓……”张舟浩还没有说完，那边就先挂断了电话。以前只是听说快递公司员工态度很差，这次倒还是第一次亲身体会到。当然这也是第一次接到这样的电话，以前都是妻子在家收这些快递的，也听妻子抱怨过说快递服务态度差。直接把快递给放在了消防栓上，万一再丢了还能找快递公司索赔吗？张舟浩想到了这个问题。张舟浩坐在车里越想越觉得生气，妻子为什么不在家？为什么要让快递公司打电话给自己？接下来就有些担心了，紧接着给妻子打了几个电话，全都无人接听。张舟浩这才意识到直到今天自己才知道妻子不在家，如果不是快递，那么很有可能还要再过几天之后才知道这一事实。

妻子会去哪儿呢？能去的地方也就只有娘家吧，显然妻子应该是回娘家不接电话，正在向自己示威。平时也只是在电视上看到类似的报道，说丈母娘给女儿撑腰数落女婿，没想到现在也轮到自己了。想了一会儿，张舟浩还是决定给岳母打个电话。本来打算一定等妻子主动给自己打电话的，否则绝对不主动打电话给她，现在正好以快递的这个借口给她打个电话了。张舟浩一边拨电话，一边感叹上次给她打电话是多久之前的事了。张舟浩甚至感到一阵莫名的紧张，但是却无法掩去嘴角边的微笑。电话接通了好久都没有人接，渐渐地张舟浩失去了耐心，正要挂断时，那边突然有人接了起来。

“喂——”是岳母苍老、有气无力的声音。自从岳父去世之后，岳母一直身体不好，大病小病不断，有气无力的声音成了她的一个显著特征。

“妈，是我，张女婿。”这么说完，张舟浩都有些紧张起来，生怕那边会出来一句“谁？”

“哦，是你啊，怎么了？有什么事吗？”岳母反应了好一会儿才说话。

张舟浩并没有从岳母的话里听出对自己埋怨的意思，“啊，没什么事，就是打电话问您一下。”

“我一个独居的老太婆还能有什么事。”

“您别这么说。”看来妻子并没有回娘家，张舟浩又问了岳母几句，正要挂电话，岳母又说了一句。

“你怎么也不常来？”

“嗯？”

“你都多久没来我这儿了？最近在熙也不来了，连个电话也没有。”岳母抱怨道。

张舟浩笑着赔了几个不是，挂断了电话。妻子也不在娘家，那会在哪儿？张舟浩想了又想还是觉得妻子也没有别的可以去的地方，肯定是在家里了。在家里和自己怄气，故意不接快递的电话，不开门，这样快递就会给自己打电话。当初订杂志的时候，要留一个紧急联系人的电话，妻子就留了自己的。现在看来妻子肯定是借这个来向自己示威了。无论如何，张舟浩还是决定先回家一趟，确认妻子到底在不在家。

张舟浩正要发动汽车回家，没想到却没有回成，宣雨申急匆匆地跑出来叫住了他。

“组长！”宣雨申脸上是一副发生了什么大事的表情。

4

道镇本来是把帽子压低遮住整张脸，但随即又把帽子摘了，低着头，这样子看起来更像是心情不好不想与人搭讪，而不是逃犯怕被别人认出来。自己现在是引起全体国民公愤的元凶，所有的人都能认出自己来，想到这，道镇又低了低头。但同时又觉得有些好笑，自己为什么要这么做，真正杀死金泰勋的又不是自己，自己现在是去见那个真正的凶手——“艺术家”。道镇眼里泛着冷冷的光。

道镇很快就到了冠岳区，幸好现在这个时候路上人不多，并没有人认出自己来。道镇仔细观察了四周的情况，回想几个月之前的事情。几个月前，组里聚餐的时候，宣雨申醉得不省人事，自己来送过他。小巷子里路灯昏暗，路边花坛的角落里，一只黑色的大猫慵懒地趴在一件脏兮兮的黑绿色的衣服上，听到道镇的脚步声，霍地跳起来钻进了花丛里，躲在花丛里盯着道镇看，黑夜里绿色的眸子有些恐怖。道镇沿着墙边快速移动脚步，即使现在附近没有什么人，也必须小心谨慎行事，失手有时候就是一瞬间的事。况且，现在也有可能他们预测到自己会来宣雨申家里，早就安排好警察埋伏在这附近了。道镇仔细观察了周围的车辆，并没有发现什么异常。而且周围也没有装作打扫卫生或者看报纸的人，看来大韩民国的刑警还没有道镇想象的那么敏锐。

宣雨申住在一栋老楼的五层，没有电梯，没有警卫室，这样的楼房一般一层和五层会相对便宜一些。以前经常听宣雨申抱怨没有钱，只能住这样的地方。道镇想到这里和自己家的巨大差别，不屑地嗤笑了一声。

一进楼里，一层门口正对着楼梯，门口处爷孙两人看了道镇一眼，没有作声。入口右侧的墙上是各家的信箱，宣雨申家502号信箱里塞得满满的，看得出来宣雨申应该是很久没回家了。道镇刚把信箱里的各种信件拿出来，就有一个年轻的女人穿着高跟鞋“哒哒哒”地走进来，看了道镇一眼，似乎有些好奇从来没见过这个陌生面孔的男人。道镇故作镇定，继续翻找信箱，看起来像是这里哪家住户的亲戚，穿高跟鞋的女人收回视线，上楼走了。

宣雨申信箱里的东西主要是各种广告和通知单，寒假期间报名打八折的培训班，三十分钟之内不送达全额退款的炸鸡外卖单等各种没用的东西。全在道镇的意料之中。道镇本来还期待着能在这些东西里找到关于“意外”旅馆的信息，或者是其他小旅馆的信息。因为如果宣雨申真的是那“艺术家”的话，肯定会收集一些关于旅店的信息。没想到什么都没有找到。

道镇抬头看了一眼楼梯，一脸不情愿地抬脚上楼。爬上五楼，在身体上，道镇并不吃力，真正费神的是爬楼梯道镇不但要尽量放轻脚步不引起别人的注意，还要密切注意着周围的情况，看有没有人跟踪自己，还要避免和其他人正面对上被认出来。

五层只有501和502两家住户，道镇开始庆幸宣雨申住在顶层，现在道镇只要确认501有没有人在就可以了。如果宣雨申住在中间楼层，道镇就还要时刻注意有没有其他人经过，更麻烦。道镇按下了501家的门铃，屏住呼吸等了几秒，一旦有人开门，道镇打算装作促销报纸的，但是门铃响了几声，里面仍然安安静静的，没有人来开门。道镇又按了一次门铃，再确认一遍，这次依然还是没人开门。道镇深吸一口气，站在502宣雨申家门口，屏住呼吸按下了门铃。门铃响了几声，静静地没人开门。道镇这才放下心来。

道镇低头看到了位于玄关左侧的投递牛奶的小门，抬脚踢了一脚，小门“哐当哐当”响了几声又扣上了。道镇坐在地上，打开小门，几乎把脸贴在地上往里看，靠近门口的地上也是堆满了报纸。以前也听宣雨申说起过，一个远房表亲的朋友在经营报纸，推辞不掉只好订了几份，另外还有几家免费的体育报纸也会一起送来。当时道镇还说他都不经常回家订什么报纸。“那时候宣雨申怎么说的来着？”道镇边嘀咕边从小门儿伸手进去把报纸摸出来，“能帮一把就帮一把呗”，对，当时宣雨申是这么说的。自己还说，你这样的老好人总有一天会挨欺负的。现在想想这些事道镇倒觉得有些委屈了，和宣雨申在一块度过的时间比和自己的父母在一起的时间都长，宣雨申对远房亲戚的朋友经营的报纸都能帮忙至此，却亲手将自己推进一个弥天大案之中。

道镇把拿出来的报纸按照日期一一摊开来，想找出最早的那期报纸。通过这些报纸就大概能推断出宣雨申最近一次回家是什么时候，因为中间回来一次的话，肯定会把这些报纸清理掉，不可能继续堆在这里。整理过后发现新闻一共二十三份，最早的一张是6月21号。6月21号，比道镇休假早好几天，比推测出来的金泰勋的被杀害的时间也还要早。道镇有些想不通了，按照这个日期推测难道杀害金泰勋之后并没有回来过？难道杀人之后都不回来换衣服？那杀人时用的手套又扔到哪里去了？道镇觉得有些不太可能。虽然说大部分的杀人犯会把杀人工具全部都清理掉，但是这“艺术家”应该并不属于这一般的杀人犯。根据道镇的推测，“艺术家”不太可能会把这些工具全部扔掉，因为这“艺术家”分明是和自己同类的人。

道镇总是有种奇怪的感觉，总觉得好像漏掉了什么东西。

难道说从一开始自己的推测就是错误的？会不会“艺术家”根本就不是宣雨申？宣雨申推荐给自己“意外”和自己在那里发现金泰勋的尸体完全只是一个巧合？但是说这一切都是一个巧合未免有些太牵强了，这世界上根本就不会有这么巧合的事。宣雨申推荐给自己“意外”绝对不会只是单纯的一个巧合，难道幕后还有一只未知的黑手在推动着这一切？

第九章　激流

1

“组长！”

宣雨申跑过来的时候，张舟浩立刻把手机扔进了兜里，同时也把立刻回家的心、对妻子的担心、想和妻子改善关系的心全部收了起来，把工作放在了第一位，将妻子又推到了后面。

“怎么了？”张舟浩边下车边着急地问道。

“找到了！得到情报说玄道镇住在方背洞的一家小旅馆里。”

“方背洞？”张舟浩有些迟疑，方背洞距离松波警察局并不远，道镇选择藏身在这里显然是充满了对自己的嘲笑和不屑，果然还是“灯底下最黑”，果然还是这些老理儿，“现在还在那里？”

宣雨申脸色立刻黑了起来：“没有，我们得到消息的时候他已经离开了，现在具体位置还不知道，唯一确定的是玄道镇已经退房，并带走了自己所有的东西。”

张舟浩叹了口气，感到一阵绝望，但是仅仅五秒之后就恢复过来，眼里闪着精光。

“马上派两个人守在旅馆附近，他很有可能会再回来。”为了逮捕道镇已经在全市公开进行悬赏举报，像这样认不出道镇的旅店老板肯定不多，如果道镇还要继续藏身在首尔的话，极有可能还会去住在那里。

“是！可是为什么他现在还在首尔待着呢？”

“可能还有什么事吧……”张舟浩又想了一会儿，充血的眼球里满是疑惑，“马上去调旅店附近的所有监控录像确定玄道镇所去的方向路线。”

张舟浩下达完命令之后，所有的人都立刻去执行命令。很快便拿到了道镇所住旅馆附近的所有监控录像，但是道镇从旅馆出来之后便进了一条小巷子里，小巷子里很多地方都是监控拍不到的，道镇走的路线偏偏都是监控死角。道镇就这样再一次逃出了重案组的追捕。果然还是国内重案组最一流的刑警，张舟浩有些无奈地扯了扯嘴角。

“把和那条巷子相通的所有路口的监控全部都调过来，一个都不能漏掉，抓紧时间去。”

按照张舟浩的指示，宣雨申调来了所有的监控录像，虽然这次花的时间比较长，但是好在这次的录像里很清楚地找到了玄道镇。录像视频里道镇一直沿着墙边快步走，不时地朝四周张望，显然是怕被别人认出来。按照监控录像显示，道镇在出了旅馆之后大约一个小时之后往地铁瑞草站方向去了，在监控里也仅仅只出现了五秒，然后又进了小胡同，根本就在监控录像里找不到。

“他到底是要去哪儿？”宣雨申很不解地问。

张舟浩紧抿着嘴，陷入了沉思：“瑞草站……”

“从瑞草站能去冠岳区，我就住在那儿。”宣雨申就只是乱说说，但是张舟浩听到后，却转头盯着宣雨申，像是得到了什么可靠的线索一样。

“组长？”

“立刻准备出发。”张舟浩脸上是并不寻常的表情。

“啊？”宣雨申有些惊慌。

“立刻去新林。”

“新林？玄道镇为什么要去新林……”

张舟浩迅速站起来，穿上衣服：“去你家，现在立刻马上！”张舟浩边说着已经推门出去准备出发了。还愣在那里的宣雨申努力打起精神，追着张舟浩也出去了。张舟浩跑出去，迅速上车，发动，宣雨申在汽车即将驶出去的最后一秒上车。局里紧急集合的警铃一响，刑警们从食堂、卫生间、吸烟室各个地方冲出来，立刻上了早就准备好的警车。这也是数十年间不断训练演习的结果，一丝不乱。张舟浩打开警笛，开着车出了警察局，后面跟着其他警车。

坐在时速高达九十的车里，宣雨申不自觉咽了口唾沫，嘴里有些发干，手紧紧抓着副驾驶座上面的扶手。幸好下午两点多，路上的车辆行人并不多。宣雨申通过后视镜看到所有的警车都紧紧跟在后面。出发的时候具体的任务并没有告知他们，现在正在车里安排具体的任务，分发枪支弹药。所有人心里都有些不安，都在祈祷自己不要出什么意外，在心里默默地想一遍家里的妻子孩子。虽然说这样紧急出动执行任务是常有的事，但是谁都不能保证就不会发生意外，谁都不能保证这会不会就是最后一次。

宣雨申这样想着，转头看了一眼张舟浩，张舟浩嘴唇还是紧紧抿着，全神贯注地盯着路况，表情严肃。

“组长？”

“嗯。”张舟浩低低地应了一声，在宣雨申看来张舟浩现在完全是一副专注着开车、不想说话的状态。宣雨申什么都没说，呆呆地看着张舟浩，没想到这次张舟浩倒是不像往常一样不理会，微微偏过头问了一句：“怎么了？”

“啊，没事儿。”

张舟浩一脸“你真无聊”的表情瞪了宣雨申一眼，又转过头去专注着开车了。

不多久就到了冠岳区，宣雨申看着路上的行人，又悄悄瞥了一眼张舟浩。监控录像里玄道镇走的那条路，那个路口通往很多地方，可是为什么张舟浩就认定他来了新林，又单单认定自己的家？这样想着，宣雨申又忽然想到，在堤川“意外”旅馆的时候，张舟浩为什么会提前准备了鲁米诺，而且重案组的刑警中也并没有人会在车里放鲁米诺。

2

打开宣雨申家的门是件很简单的事，因为钥匙就放在门口的花盆底下。经常会有刑警在这附近办案，有时会在宣雨申家里小睡一会儿，宣雨申就把钥匙放在这里，以方便大家进来。道镇自然而然地想到了宣雨申说过的“钥匙就在花盆底下”，不知道现在是否还是像以前那样把钥匙放在花盆底下呢？道镇有些怀疑，没想到钥匙依然在那里，果然还是“灯底下最黑”，刑警对待自己事的时候反倒是比较容易疏忽大意。

打开门进去，发现里面果然是冷冷清清的很久都没有人住过的样子。道镇考虑到自己最好还是尽量少在这里留下痕迹，没有脱鞋就直接进了客厅，而且这样就算被发现也更容易逃走。

道镇环顾了一眼客厅，虽然并没有期待着能够看到像电影里那样，挂着道镇的照片，插上飞镖，但是在这里竟然完全没有看到一点点关于自己的东西。房间里看起来像是有人来住过，床上的被子就那样胡乱放着，几个枕头也是乱七八糟放着，书桌上草草地放着几本小说、杂志，很难从中判断宣雨申的爱好。

看过宣雨申的家之后，宣雨申不是“艺术家”的感觉越来越强烈。首先，宣雨申根本没有陷害自己的理由。另外就道镇对宣雨申的了解，宣雨申绝对是一个很会为他人着想的人，乐于助人，不是会为了自己陷害别人的人。道镇脑海里突然想到了一个人——张舟浩。在宣雨申身上找不到陷害自己的动机，但是在张舟浩那里却很容易找到。

想到这里，道镇忽然察觉外面有警笛声传来。道镇走到窗边，背靠着墙，轻轻掀开窗帘一角，幸好窗户玻璃上积了一层厚厚的灰尘，从外面根本看不清里面的情况。透过小缝隙，道镇看清了外面的情况。一眼就看到了，六七辆警车开进了小区，最前面那辆车上首先下来的是张舟浩，紧接着宣雨申也跟着下来。“他们是怎么知道的？”道镇还在这样想着，就看到后面几辆车上下来的全都是武装刑警，一下车之后，立刻整队待命。

道镇现在的处境很是狼狈，从这里出去除了入口，其他一条路也没有。现在整栋楼都被刑警包围了，根本不可能出得去。

现在唯一能想到的只有先躲起来，没有任何计划，也没有任何对策。张舟浩已经向这栋楼走了过来，用手势示意后面其他的刑警，严密封锁所有的出入口。显然张舟浩是逮捕嫌疑犯的老手，道镇似乎是插翅难逃。道镇快步走到阳台，往下看，所有的刑警已经布好阵势。道镇身体比脑袋更先一步做出反应，疾步走出了宣雨申的家，刚一出门准备往上走，就清晰地听到了楼下传来的宣雨申上楼的脚步声。虽然只是很平常的脚步声，可是在这种情况下，却异常骇人心魄。道镇快速向楼顶奔去。

楼下传来惊讶的“嗯”的一声，可能是听到了道镇的脚步声，迟疑了一秒，马上又传来了急促上楼的脚步声。道镇加快了自己的速度，幸好通向楼顶的门是开着的。

3

张舟浩刚一到五层，就敏锐地听出了除了跟在后面的刑警急促的脚步声，还有另外一个有些慌乱的脚步声，他抬头向上看了一眼，眼神似剑。

紧跟在后面的宣雨申一上来就开始翻口袋找钥匙，可是越急越慢，找了半天也没找出来。张舟浩一把抓住宣雨申的手，看了一眼宣雨申，转身握着门把手，轻轻一拧，门就开了。宣雨申惊讶地瞪大了眼睛。

几个人警戒地进去，张舟浩早就料到道镇肯定已经不在里面了，虽然刚才并没有看到道镇，但是单凭脚步声也可以肯定就是道镇，而且刚才门并没有锁上，肯定是道镇来过这里了。但是现在却没必要着急着去抓楼顶上的道镇，下面有刑警重重把守，道镇很难逃得出去。

“他并没有翻什么。”宣雨申大概检查了房间后向张舟浩报告。

张舟浩也早就猜到了这一点，略微犹豫了一下，说道：“应该是在楼顶上。”说完，立刻出门准备上楼顶。后面上来的刑警全部跟在张舟浩后面，不出张舟浩所料，通向楼顶的小门是开着的，门似乎刚被动过，还在前后晃动。刚一到楼顶，张舟浩立马停住了脚步，并示意后面的刑警停下，所有人都凝视着面前的一切，屏住了呼吸。道镇就站在楼顶边缘的栏杆上，稍不留神就会掉下去，但是道镇脸上却是一副悠闲自在的表情，看着上来的一群人，冷冷地笑了两声。

“不是我，”楼顶上静悄悄的，道镇继续说，“是，杨警官那头笨猪是我杀的，那浑蛋笨得要死，每次出去办案都拖我后腿，所以我才给他这样的结局。”说完，道镇“扑哧”一声满是嘲讽地笑了。

“他这是什么意思？”宣雨申小声问了一句。

“等着！”张舟浩镇定地回答。张舟浩知道此时道镇已经心理变态了，像这样的自尊心极强的人，所有的事情又没有按他的设想进行的时候，他是绝对不会轻易投降的，现在只能慢慢等着看他要说什么。

“但是，那个不是我，那‘艺术家’不是我……”道镇说着一些让其他刑警有些摸不着头脑的话，突然道镇眼睛捕捉到了一个重要的东西。道镇看到张舟浩正从上衣口袋里慢慢摸出枪来，看到了张舟浩黑色的大拇指指甲。据说是以前有一次和嫌疑人搏斗时受伤留下的，那次还差点儿丢了性命，之后张舟浩就以这个黑色的大拇指引以为傲，认为这是他的一个勋章。当时自己听说了之后还嘲笑说他没什么好炫耀的了，竟然炫耀这个让人看着就恶心的大拇指。道镇又突然想起来那天李忠洙的话“他的大拇指，大拇指上好像涂了指甲油。”指甲油？道镇感觉自己像是走在路上无缘无故被泼了一身水的人一样，只剩下震惊和愤怒。那根本就不是指甲油，只是李忠洙误以为是指甲油而已，其实是张舟浩受过伤的黑色的指甲。想到这，道镇突然觉得一阵恶寒，身上起了一层鸡皮疙瘩。

“‘艺术家’就是张舟浩？”这给了道镇一个很大的冲击，脑袋像是被谁打了一枪一样，紧接着就又产生了一个疑问“为什么？”之前怀疑宣雨申的时候，道镇也想过为什么要把这些事推到自己身上，但是最终还是没有找到宣雨申的动机，这就是说“艺术家”肯定不是宣雨申。但是现在把这个“为什么”加在张舟浩身上，能否找到理由呢？道镇牢牢地盯着张舟浩的眼睛，分明从他的眼睛里看到了些不寻常的东西，道镇在心里又把自己的猜测肯定了几分。嘴角上扬，道镇嘲笑地看着张舟浩。

“玄道镇！”

“呵呵，张组长，你还是不要过来得好。”草率行动的话反而会把事情弄得更糟糕，想到这，张舟浩暂且没有掏出枪。

“玄道镇！”

“张组长，如果我从这里一不小心掉下去，摔死了，你要担个什么罪责？是不是得承担个逮捕不力的责任？”道镇嗤笑了几声，转身背对着张舟浩，像是真的要跳下去。

宣雨申向前走了一步，试图要去阻止道镇，张舟浩伸手拦下了宣雨申，对宣雨申皱着眉摇了摇头。

道镇又回头看着张舟浩说：“我从这儿跳过去，嗯，这次新闻头条该怎么写？……嗯，嫌疑人在重案组组长眼皮子底下逃走？”说完道镇回身正对着对面的楼顶，深吸一口气，纵身一跃，半空中蹬了几下腿。从张舟浩的角度看去，道镇显示向上一跃，紧接着就是身体急速下滑，“玄道镇！”张舟浩大喊一声，声音震耳欲聋。在楼下包围着的刑警听到这一声，纷纷抬头向上看，只看到一个黑色的身影在半空中一跃而过，过了一会儿才意识到那个黑色的身影正是玄道镇。

“啪。”道镇落到了对面的楼顶，落地之后很自然的一个前滚翻顺势站了起来，朝对面楼顶上还呆呆地站着的张舟浩和宣雨申摆了摆手“拜拜，你们这群狗！”道镇感觉从头到脚一阵快感流过，一边嘲笑着他们，一边迅速向另一边的楼顶逃去。

张舟浩看着道镇，紧紧闭着嘴巴，双手紧紧握成拳，恨不得马上把道镇捏碎了，心里的怒火无处宣泄：“追，赶紧追！”

宣雨申毫不犹豫，立刻转身迅速下楼，楼下的刑警也全都朝一个方向移动，所有人紧盯着一个目标，就是试图通过楼顶逃走的玄道镇。

张舟浩朝地下狠狠地吐了一口唾沫，后退了几步，然后快步跑起来，在楼顶栏杆处向上一跃，嘴里发出短促的一声“嗯”。“扑咚”一声，张舟浩感到自己的肚子和后背一阵剧痛，回过神来，发现原来自己的脚被这栋楼楼顶的栏杆绊了一下。猛地撞到墙上，浑身上下除了腹部的疼痛再也没有其他感觉。幸好还活着，快五十岁的年纪，这样还活着就已经该谢天谢地了。蹬了几下腿，慢慢地着地，发现道镇已经顺着几栋楼之外的煤气管道慢慢地往下滑下去了。

张舟浩咬着牙站起来继续盯着道镇。发现路口进来一辆出租车，张舟浩呻吟了一声，下定决心，如果道镇上了那辆出租车，就开枪打坏出租车轮胎阻止道镇逃走。在这样的小巷子里，出租车开得并不快，虽然打中轮胎不容易，但还是值得一试。

道镇捡起路边的砖头，砸向了出租车的车窗玻璃，出租车司机显然受到了惊吓把车停下来。道镇上前打开车门，试图把司机揪下来。这个时候其他刑警还都拼命地往这边跑，张舟浩反而距道镇最近，但是张舟浩还在楼顶，根本没法跳下来。身体老了，从体格上说张舟浩十年前就已经失去了做重案刑警的资格，现在唯一靠的就是资历而已。张舟浩从口袋里掏出枪，头微微向右偏，架起了胳膊，深吸一口气之后，瞄准了枪。道镇还在和出租车司机纠缠，张舟浩枪口对准了道镇，虽然有些远，但还是在射程之内，食指扣在扳机上，刚准备施力，出租车司机和道镇掉了个方向对准了枪口。张舟浩皱着眉头，静静地等待时机，很快，机会来了，张舟浩冷冷的眼光乍现，扣下了扳机。

“咣。”意识到自己听到的是枪击声的一瞬间，道镇感觉到自己的肩膀受到重重的一击，瞬间一热，“啊”地叫了一声，抬头便看到楼顶上张舟浩手里正对着自己的枪口，一阵刺鼻的火药味传来，紧接着便感到肩膀上一阵剧痛。道镇左手捂住右肩的伤口，即使这样也还是要继续逃走，也只能逃走，绝对不能束手就擒。道镇试图上车，可是肩膀的剧痛让他失去了重心，摇晃了几下，好不容易才稳住重心。伤口处血不住地往外冒，手紧紧按住伤口，牙紧紧地咬住，脚步踉跄地继续逃跑。道镇听到后面又传来一声枪响，即使这样也不能停下来，现在没有什么别的办法了，唯一能做的就是在自己被逮捕之前拼尽全力逃跑，道镇弯下腰，快步跑进了旁边的一条小巷子。

道镇一边用手使劲堵住伤口，不让血流下来以免留下痕迹，一边寻找可以暂时藏身的地方。幸好小巷子里有一户人家的大门开着，道镇闪身躲了进去。刚躲进去，便听到了外面刑警路过外面的声音，小巷子的尽头通向一条大路。

“大路上人多更容易藏身，仔细搜捕！”外面传来这样的高喊声，不一会儿，连同所有人的脚步声一起都消失了。道镇靠着墙闭上眼睛长叹了一口气。

道镇缓缓地睁开眼，眼里满是愤怒，黑色的手指甲，现在一切都浮出水面。道镇咬着牙狠狠地吐出一句“张舟浩！”

第十章 反击

1

玄道镇再一次成功逃掉惹火了局长。局长把所有的责任全都归咎在张舟浩身上，怪他办事不力。张舟浩也是满腔怒火正无处可以发泄，正巧这会儿手机响了。在哪儿见过的号码，有印象，但是记不清到底是谁的号码了。

“喂，你好！”

“女婿啊！”

“妈，您怎么打过来了？”

“你快来我这儿一趟吧，快点儿！”

张舟浩更生气了，这个时候打来电话让自己过去一趟，显然不合时宜，现在根本没心思管其他的事情，也没有那个精力。但是却没有办法拒绝，只能自个儿生闷气。

几个小时之后，张舟浩坐在了岳母家里，面前放着一杯茶，印着漂亮花纹的茶杯。张舟浩不由得火气又大了几分，自己现在哪有这个闲情逸致陪她喝茶，真想一走了之。但是却不得不忍着，轻轻地低头道谢："谢谢妈！"张舟浩轻轻地端起杯子，抿了一口杯子里还滚烫的红茶，涩涩的味道刺激着味蕾，尝不出来到底是不是好茶，但是却还要装出一副很香很好喝的样子。这样的话，至少岳母不会嫌弃自己鄙陋无知。

"上次接到你的电话，我越想越觉得不对劲儿，就给在熙打电话，可是怎么都打不通。你老实跟我说，你们是不是吵架了，在熙是不是根本就不在家？"

张舟浩听完岳母的话，放下茶杯，瞥了一眼妻子房间的门。在结婚之后，妻子的房间还是一直保持着原来的样子，妻子的东西、所有的家具上一直都是一尘不染，就连床上的床单被罩也还是按照妻子的喜好经常更换，像是随时都等着妻子回来一样。张舟浩怀疑妻子现在是不是就在这里，岳母只是在演戏而已。

岳母像是察觉了张舟浩的想法，急忙又说："她不在这儿，现在根本就联系不到她，你们到底有什么事瞒着我？"岳母的脸色越来越难看。妻子对于岳母来说，就是她的天，她的地，就是她的一切，岳母这种对妻子的霸道的爱常常让张舟浩生气。

"没什么大事，她去朋友家玩儿去了。"

"去朋友家？你少糊弄我，她去哪儿做什么事都会跟我说，这次怎么会都不告诉我，连电话都打不通，到底是什么时候……"

岳母忽然停住了，像是忽然意识到了什么，像毒蛇一样狠狠盯着张舟浩，“你是不是连她什么时候开始不在家，什么时候开始联系不上都不知道？”

张舟浩躲开了岳母的视线，确实是不知道。到底是什么时候开始不在家的，到底是什么时候开始联系不上的，如果不是因为那个快递，到现在都不一定知道吧：“妈，我天天都在忙，每天都要工作，就连今天……”

“嘀！就你那工作？”岳母毫不留情地打断了张舟浩的话。其实从一开始，岳母就看不上张舟浩的工作，最初还一直反对他们结婚。按照岳母的话就是警察就是国家的拐杖，十分不情愿自己的女儿嫁给警察。结婚之后，岳母每次看张舟浩也都是一副鄙夷的态度。

张舟浩双手紧紧抓着膝盖，想以此来让自己因为生气而不断颤抖的双手停下来，但是毫无效果，此刻颤抖的不仅仅只是双手，还有一颗愤怒的心。

“再这样下去你们还不如离婚算了，我宝贝似的女儿，你拿她当什么了？本来就不合适的两个人何必勉强在一起？”

张舟浩颤抖着双手拿起茶杯，滚烫的热茶已经凉了。

“我女儿以前不是这样的，跟了你之后，你看看都变成什么样了……”

“哐！”张舟浩把茶杯狠狠地砸在了岳母身后的墙上，杯瓷四处飞溅，红茶顺着墙流下来，在洁白的墙上留下一道痕迹。岳母被张舟浩的这一举动吓得脸色苍白。

“你！”岳母毒蛇似的又要开口。张舟浩一脚踩在面前的茶几上，伸手粗鲁地掐住了坐在对面的岳母的脖子。岳母一直保养得很好，与年龄不相符的柔滑的皮肤上青紫色的血管立刻凸显，上扬的脸上，充血的眼球里，痛苦清晰可见。

“你……额……你……放开……”

“闭嘴！”张舟浩冷冷地说。此时颤抖的手已经恢复正常，脑子比任何时候都清醒，无情地看着岳母。转头看见了旁边放着的台式电话，盯着电话线好一会儿，对岳母说：“反正都杀了一个了，再杀一个也无所谓！”岳母挣扎得更厉害了，张舟浩更加用力掐着她的脖子，用电话线勒住了她的脖子，握着两端，慢慢用力。岳母眼里慢慢充血，黑色的眼球渐渐向上，嘴巴慢慢张大。张舟浩手继续用力，悠闲地欣赏着岳母。

“女婿！”

“啊？”张舟浩这才从刚才的幻想里回过神来，原来刚才张舟浩一直在自己幻想杀死岳母。

岳母不悦地用下巴颏儿示意张舟浩看他的手机，“有电话！”

“啊？哦，是，是。”

电话是宣雨申打过来的，问张舟浩现在在哪儿，让他抓紧时间回去。宣雨申在电话里义愤填膺地告诉张舟浩新闻社的记者知道了最大的嫌疑人逃脱了刑警的追捕，正打电话过来问这些事。又是记者，又该闹腾一阵子了，这些记者对于这些不关乎自己、不关乎自己家人的事倒是比谁都有热情，张舟浩这样想到，这一点也是张舟浩作为一个刑警最无法理解的。但是刚才张舟浩接电话的时候故意装出很急的样子，以便向岳母托词赶快离开。

挂断电话之后，张舟浩立刻站起来："局里有急事，我必须马上赶回去，有事再打电话吧。"说完张舟浩不给岳母说话的机会，立刻转身走出客厅，在玄关处穿上鞋急匆匆地就要出去。刚握住门把手，岳母就追出来又说了一句："我会继续给在熙打电话的，她回来后，你们就赶快离婚吧！"

张舟浩手抖了抖，顿了一秒推开门走了出去，"哐"的一声把门摔上了。如果不这么做的话，张舟浩可能真的就像刚才幻想的那样管不住脾气真把岳母给掐死了。虽然是幻想出来的事，第一次仅仅只是想想，第二次就保不准真的那么做了。出了岳母家大门，张舟浩站在大门口，长叹了一口气，低头看见地上自己的影子，这才发现自己又是蔫了吧唧的样子，和从前一样，每次只要来这里，自己就会是这样一副样子。在岳母眼里，张舟浩一直就是一个不成功的丈夫，赚不来多少钱，给不了在熙应有的关心陪伴，每次来这里遭到岳母的一番数落之后，总会是心情沮丧地离开。张舟浩深呼吸几次，肺里充满了空气，这才挺直腰板，像是瘪了的气球重新吹上气一样。现在该回去了，她爱怎么说爱怎么想就怎么样吧，现在张舟浩要回到自己该去的地方了。只有在那里，张舟浩才能正常地呼吸，才能挺直胸膛做人，所以谁都不能夺走的位子，那里是只属于自己的世界。

不一会儿张舟浩就回到了警察局，刚一到警察局门口，车就被一群记者包围，好不容易才开进去。和预想的一样，刚一到就被一堆闪光灯闪得睁不开眼。张舟浩在闪光灯之下仍然镇定自若，各路记者提出各种各样的问题，无非都是关于玄道镇逃脱的事让张舟浩给出一个合理的解释。

“所有的事在结案之后的发布会上会一一解释给大家。”张舟浩说完，记者紧接着又问了一大堆问题。张舟浩没有再说话，只是简单地行了一个鞠躬礼，快步走进了办公楼。

2

汽车维修中心位于首尔市郊区，道镇根据经验肯定那里暂时还不会有警察前去调查。但是乘坐地铁过去太危险，地铁上人多，人越多的地方往往会潜伏有更多的警察，更难避开警察的追踪。选择相对人不是很多的公交车倒更容易逃走。公交车上只有在上车区域有监控摄像头，只要稍微低下头遮挡一下就不会被发现，在中途下车就可以。这样即使被发现了，数百条公交线路找起来也不容易，即使找到了也很难再找到道镇具体在哪里下车又要到哪里去。下了公交车后，又选择了搭乘出租车，出租车越老旧的越好，越是老旧，车上的监控录像画质就会越差。道镇就这样先乘公交，又换出租车，最后来到了汽车维修中心。

道镇不知道为何会突然想起来自己去度假之前坏了的车，现在开自己的车反而会更容易被追踪到，道镇自然不是来取车的，只是来确认一下自己的猜想。刑警在破案的时候，通常会问当事人一个问题，“和平时相比有什么异常吗？”大部分人都会觉得和平时不一样的话，都算是偶然因素，但是其实所有的偶然都有其必然性。道镇的“偶然”就是去度假那天车突然出故障了，所以开着局里的车去度假。去堤川那天先是走的高速公路，后来是国道，正是贴在车上的过路牌泄露了道镇的行踪，让张舟浩怀疑到自己身上。那天还有另外一个“偶然”。

“前辈您就开这车吧，您知道的，我开车不咋滴，组长哪会轻易让我开局里的车？”

“你的意思是说张组长允许我开这车？怎么可能？”

“他偶尔也会比较善良嘛！”

张舟浩“偶然”地允许道镇开局里的车去度假。

根据手里的汽车维修中心的名片，道镇很快就找到过去。但是还不能确定警察是否已经找到了这里，道镇做好一切逃跑的准备，紧张地推开了维修中心的大门，发现只有一个男员工趴在柜台上打瞌睡。

道镇尽量将中枪的胳膊贴着身体，张舟浩射的这一枪幸好射在了胳膊上，并不深，但是还是出了很多血。道镇把衣服撕破，做了简单的止血之后，又换了一件外套，虽然穿着外套，可是仍然能看出来胳膊多少有些不自然，活动不灵活。道镇压低脚步声轻轻走了进去，环顾了一圈维修中心，发现这个维修中心里只有那个趴在柜台上打瞌睡的男的，其他一个人都没有看见，这也就是说明，现在警察还没有来这里搜查，而且这里现在暂时没有其他职员。只有这一个职员，就算被他认出来，也比较容易逃走，道镇这样想着，放下心来。

“抱歉，打扰一下。”道镇走过去，轻轻拍了拍他的肩膀。但是没能叫醒他，仍然继续睡着。道镇又拍了他一次。这次他霍地抬起头愣愣地看着道镇，几秒钟之后才意识到有客人过来，慌慌张张地站起来，两手使劲揉了两下眼。

“欢迎光临。”

“我是来取上次送过来的车的。”

“哦，好，您的车牌号是？”

道镇告诉了他车牌号和车型号，并告诉他几天前是他们亲自去警察局拖的车。男职员在电脑里输入车牌号，很快便检索出来了。

“啊，是这辆车，已经修好了。那天跟您说过了吧，是发动机出了问题，已经给您换过了。”男职员看样子是在担心道镇会怪他们不经同意就给换了劣质的发动机。

“我知道，拖车那天就说过可能要换发动机。”道镇解释道。

“那就好，一共十二万，结完账之后您就可以把车开走了。”

道镇拿出钱包，抽出卡，想了一下又放了回去，现在用卡结算很容易被追踪到，还是用现金比较保险。幸运的是，现金还很充足，道镇拿出十二万给了男职员。男职员说要给道镇开收据，道镇摆了摆手说不要了。

“我今天开始要到外地出差，家附近的停车场比较紧张，车能不能先放在你们这里，我出差回来后再来取？”

男职员有些意外，又问了大约什么时候来取车，继续放在这里的话，就要按天收费，并且要求一定要随时能联系到，才同意道镇继续把车放在这里。

“谢谢你了！”道镇觉得自己运气不错，一开始就没打算把车取走，那样太容易被追踪到了。道镇又问了一句："那天听你们说发动机好像是因为有外物进去才出故障的？"

男职员听完笑着回答说："发动机故障并不一定是因为这个原因，当然有异物进去的话会导致发动机故障。您等一下。"男职员找出了维修记录，"啊，您的那辆车确实是因为异物进入才导致故障的。是您自己修理的时候不小心撒进去饮料之类的东西了吗？不对，少量的异物是不会导致这么大的问题的。"

男职员的话近乎是在自言自语，但是道镇还是一字不漏地全听到了。由此道镇推测出了一切。自己要去度假，局里人很多，民事科前来办公务的人，公安大学前去听讲座的人，停车厂也是人来人往，很难引起别人的注意。张舟浩趁人多不容易被发现，悄悄去停车场对自己的车做了手脚。可能就是把手里拿着的饮料倒进了发动机油箱，也有可能饮料瓶子里装着的就是某种可以损坏发动机的液体。张舟浩上车发动之后再故意拔掉车钥匙，这样在别人看来就是发动机出了什么问题，这样反复几次之后，张舟浩故意装作很生气的样子，下车查看发动机的情况，趁此倒进去东西损坏发动机。这样，道镇开不成自己的车，张舟浩再让道镇开局里的车。跟宣雨申相比，张舟浩做这一切的可能性更大一些。道镇假设自己选择"意外"旅店也是张舟浩使了手脚，又把事情前后理了一遍。张舟浩故意把道镇引到那里，后来在那里发现了金泰勋的尸体，本来就可以直接推到道镇身上，但是没想到道镇把尸体肢解处理掉了。道镇为了隐藏自己的罪责，撒谎说没去过堤川，张舟浩只能再从车上下手，慢慢把所有的罪都推到道镇身上。再想想堤川那边的旅馆一般都 7 月份才是旺季，道镇去的时候根本不是旺季，但是却没有其他空余房间。可能是张舟浩为了让道镇就住到放金泰勋尸体的那个房间又特地做了手脚，或许是提前把其他所有的房间都预定了也未可知。实际上，道镇去的那天李忠洙确实说过有个旅游团要来，还去市区购买材料，留自己一个人在旅馆。但是直到道镇走的那天都没有见到旅游团过去。这所有的一切肯定都是事先计划安排好的，事先就知道金泰勋的尸体在那里的人和杀人的“艺术家”根本就是同一个人。而这个人就是张舟浩。想到这一切，道镇不禁怒火中烧，紧紧握着拳头，咬紧牙齿。道镇又想到了见金泰勋的小舅子崔永泰时他说的话“也是，狗也就只知道伸手要东西……”由此推测，很有可能是张舟浩收了金泰勋的好处帮他办事，被金泰勋拖下了水，想跳又跳不出来，冲动之下杀死了金泰勋。

“这样也好，直接发动不了也挺好的。”男职员的话让道镇从自己的思绪里回过神来。

“嗯？”

“我说的是您的这个发动异物进入之后有时候发动机仍然能够发动，也可能会在路上突然熄火，但还是直接不能发动比较安全，很多车都是因为异物进入，发动之后继续行驶，在路上发生汽车失火爆炸。”

听到这儿道镇有些毛骨悚然。刚开始还以为为了把罪责推到自己身上故意让自己的车出故障，但是仔细一想，既然要推到自己身上，那么开自己的车不是更容易调查出来？现在听这么一说，才意识到，张舟浩竟然也想直接害死自己。张舟浩为什么要利用自己休假的机会把金泰勋的死推到自己身上？又为什么要害死自己？难道仅仅只是因为张舟浩讨厌自己？道镇也清楚自己和张舟浩一直不和，但是就是因为不和，就要置自己于死地？不可能，张舟浩肯定还有什么其他原因要这样害自己。

现在大概只有张舟浩自己才知道这其中的原因吧！

3

张舟浩一进局长办公室就看到地上到处都是各种报纸，宣雨申跟在后面进来也被这局面吓了一跳，立刻站住了。张舟浩瞥了一眼地上的报纸，面前的一张大标题是“警察失手，金泰勋案最大嫌疑人成功逃脱”。不用看其他的也知道肯定都是类似的报道，张舟浩紧紧咬着下唇。

“现在怎么办？你说！怎么挽回？”

“对不起，我们正在全力搜捕。”张舟浩咬牙说道，声音里也满是掩饰不住的愤怒。回头看了一眼宣雨申，宣雨申呆呆地看了一眼张舟浩和局长，默默地转身出去，并把门关上。

看到宣雨申关门出去，局长不屑地“哼”了一声：“怎么，还怕被你手下看到你这副死样子？”

张舟浩双手紧紧握成拳：“虽然没有成功抓到他，但是在逮捕过程中嫌疑人受了很重的枪伤，很快就会抓住他的。”

“很快抓住？”局长嗤笑了一声，拿起桌上的名片就朝地上摔了下去，正摔在了张舟浩的脚边，碎了一地。局长因为生气，胸膛大起大伏不停，大声吼道，“你是怎么安排的，就让他在你的眼皮子底下还能逃了？很快抓住，很快是什么时候？你们要是做好充足的计划会让他跑了？”

“用嘴抓永远都抓不到的。”张舟浩边说边笑了。

“什么？你说什么？”局长气冲冲地走到这张舟浩面前，一副就要动手的架势，“你知道现在警察的威信就因为你们都成什么样子了吗？你们还给我让他跑了！”

张舟浩并没有躲避，直直地面对着局长，像是威胁似的说：“警察的威信丧失一开始就是因为你我这样的浑蛋成天胡吃海喝搞的。”

“什么？”局长被气得脸都白了。

张舟浩紧盯着局长的脸低低地说道：“那浑蛋我一定会抓住的，你现在给我闭嘴，等记者发布会的时候再给我好好说，你能有今天也还得感谢我！”

张舟浩说完看了一眼满是震惊不敢置信的局长的脸，转身出了办公室。背后立刻传来了局长狮子一样的怒吼：“妈的，你小子现在都敢跟我瞪眼了，浑蛋，妈的，你小子！”但是，“哐”的一声，张舟浩摔上了门，将局长的怒吼也一起隔断在办公室里。

张舟浩气冲冲地往重案组办公室走去，宣雨申跟在后面小心翼翼地问：“您刚才说什么了？”

“你知道有什么用？”张舟浩心里的火依然没消。

“是，已经跟首尔和京畿地区的所有大小医院、诊所取得联系，马上会派人前去搜查。”

“别浪费时间了，你觉得这小子会笨到会去医院？”

“是，那现在要做什么？”

张舟浩停下脚步，转身看着宣雨申说：“如果是你，你会怎么做？”

张舟浩下楼来到停车场，已经很晚了，停车场已经没有几辆车了，安安静静的。张舟浩边向自己的车走去，边在想在这幽静之中会不会潜伏着什么东西。张舟浩站在自己的车边，弯腰往车里看了看，果然是空空的什么都没有。张舟浩不禁笑自己有什么好怕的，果然是做了不该做的事心里有鬼。车是锁着的，道镇又怎么可能会进锁着的车里等着自己。张舟浩自己都有些看不起这样小心谨慎的自己。张舟浩拿出车钥匙，打开车门，进去，发动车，幽静的停车场瞬间被发动机的声音充斥，在这声音之中，张舟浩听出了脚步声，跑着向自己靠近的脚步声。张舟浩刚想解开安全带下车确认一下，车门就被打开，一个黑色的身影闪身坐进来。在张舟浩出声之前，一把刀架到了他的脖子上。上车的人戴着一顶黑色的鸭舌帽，虽然看不到脸，张舟浩也知道这是谁。

“玄道镇。”张舟浩刚叫出来他的名字，架在脖子上的刀就更逼近了几分。

“开车！”

“你这个疯子，竟敢来警察局！”

“闭嘴，抓紧开车离开这里！”

张舟浩看着道镇，道镇毫不退让，无奈之下张舟浩只能开着车出发了。车开出警察局上了一条大路，道镇要求张舟浩转向往另一个方向走，张舟浩只能照办。三十分钟之后，按照道镇的要求，张舟浩继续开着车前行。最终，车停在了一个正在改建的工厂里。这里张舟浩也知道，这里一直被认为是一块不祥之地，因为当时在这里施工的建筑公司和开发公司全都倒闭了。其实，他们倒闭也是有原因的，在这里征地的时候，给出的补偿费特别低，很多被迫迁出去的住户心怀不满，就雇了几家养殖大户把成群的狗、猪赶到这里捣乱，建筑公司在他们的破坏下最终倒闭。人们都说这是报应。正所谓有得必有失，被迫迁出去的住户也都是伤痕累累，这里至今还是一片废墟。

几栋尚未完工的大楼矗立在那里，门口阴森森的，像是一张大嘴，随时准备吞了一切。这里是一片废墟，确实是适合处理一些不能为人知的秘密。车刚停，道镇就下来了，张舟浩解开安全带也跟着下车，并用远程车钥匙把车锁上。听到车落锁的“咔嚓”一声，道镇回头看了一眼。

张舟浩首先打破了两人之间的沉默：“为什么要带我来这里？想拿我当人质逃走的话一开始就逃走多好。”张舟浩掏出枪，道镇看到之后，“扑哧”笑了。

“想打架？在此之前，你应该有什么话要跟我说吧？”

“不知道你什么意思。”

“不，你知道，你不知道谁知道，不是吗？你如果不知道，刚才我先下车，你本可以直接逮捕我的，你肯定有什么话要跟我说，难道不是吗？”

张舟浩没有回答,只是笑了笑,这笑直接证实了道镇的推测。道镇愤怒地咬紧牙，从牙缝里寄出两个字：“是你！”

张舟浩笑着说：“是你吧！”

“不是我，是你，这一切不都是你策划的一个局吗？”张舟浩脸色不变，道镇继续说，“你拿了金泰勋的好处，受到威胁，所以杀了他。”张舟浩仍然没有说话，但是脸上表情有了些许微妙的变化。

“你突然允许我休假，‘意外’旅馆，我的车突然出故障，你的最终目的就是杀了我，或者是给我扣上杀人犯的罪名。根据你的预料，我住进了放着金泰勋尸体的房间，你又故意把他的手机扔在旅馆附近的芦苇荡里，目的就是引导警察去那里搜查。但是你没想到，我把尸体给处理掉了，你再去‘意外’的时候竟然没有找到尸体。本来你是装作第一次去那里，可是发现尸体不见了之后，当时你从‘意外’出来的时候表情很慌张。但是后来你就开始庆幸，因为这样就更容易把杀人犯的罪名推到我身上了。”

“呵呵，你果然侦查力不错，但是有什么用，你现在还能有什么办法解释清楚吗？”

“那金泰勋手指甲里发现的我的头发又是怎么回事？”

“就是跟你开个玩笑。”

“也是故意打电话给我母亲的吧？”

听到道镇的话，张舟浩哧哧地笑了：“当时必须用通行证来证明你去了堤川，但是又想到你会不会辩解是去堤川看望父母亲，所以先确认一下。”

“当初你拿出通行证的时候我就开始怀疑了，但是却没有细想。忽略了一点，当时你就已经知道了是我把金泰勋的尸体给处理掉了。”

“是你太性急了。”

按照张舟浩原本的计划是慢慢地一步一步把案子推到道镇身上，但是崔永泰突然插手，张舟浩不得不让道镇立刻现身。本来是想利用高速公路监控录像的证据，但是，数据资料太庞大，找起来不容易。火烧眉毛之际，张舟浩只好选择了高速公路过路证来作为证据。道镇说得不错，正是张舟浩把案子推到道镇身上之后，为了找证据才把过路证拿出来的。

“你……也知道那件事吧？”

张舟浩看着道镇，显然没想到道镇会先说出来，愣了一下，然后大笑起来，但是很快便停止了笑声：“那件事？什么事？你应该知道才对，你必须知道。”张舟浩把话原封不动地又推给道镇。

“金泰勋的尸体为什么会那样我不太清楚，但是我知道的是，你也和我一样，是个疯子。我知道，张舟浩，你把金泰勋的手指一根根掰断了，你也很享受那个过程吧，复仇也只不过是你的一个幌子而已。”

张舟浩并没有否认，杀死金泰勋虽然是失手导致的，但是推给道镇确实是出于报复。但是杀死金泰勋的那一瞬间，手上残留的那种无法用语言形容的快感确实是不言而喻的。直到把金泰勋的尸体藏到“意外”的房间里的时候，张舟浩才意识到那种感觉不是害怕，不是负罪感，而是一种喜悦。把死去的金泰勋的胳膊往后掰断，清晰的骨头断裂的声音，让张舟浩莫名的兴奋。小时候踩碎青蛙卵、拍死一只蚊子所得到的兴奋和那种兴奋根本不可同日而语。所以那天张舟浩坐在那里不自觉地把金泰勋的手指一根根全都给掰断了。后来想起来，虽然觉得那个自己根本就不正常，但是却始终无法忘记那个晚上所体会到的无与伦比的喜悦感。

“我和你半斤八两，差不多。”

听到道镇这么说，张舟浩“扑哧”笑了：“但是你还是没有察觉吧，平时我一直在注意观察你的一举一动。”

“你什么意思？”道镇忽然想起讲座那天张舟浩凝视自己的眼神，或许真的就是从那个时候开始，也可能是更早之前，自己的一举一动就被张舟浩监视了。

“你知道吗？案子越大嫌疑人留下的尾巴就会越长，也就越容易逮捕。”事实上也是如此。如果道镇只是把金泰勋的尸体肢解处理掉，可能不至于会到现在这种境地。但是中间道镇又杀害了杨警官，就走上了一条不归路。张舟浩继续说道，“犯罪心理很容易被利用的，变态杀人犯一旦兴奋了，就很难自控。你不是享受别人的恐怖吗？我让你继续兴奋好了，比如说让你看到陷入恐怖的警察。”

张舟浩的这话给道镇很大的冲击，道镇难以置信地看着张舟浩。张舟浩在道镇的表情中感受到了一种从未有过的胜利感，自负地笑了。

道镇真的是难以置信，当时道镇还感到奇怪，为什么张舟浩明明知道杨警官就和自己在一起，还要给杨警官打电话下秘密指令，现在才知道，原来这都是张舟浩的计谋。

“你这个疯子！”道镇忍无可忍，朝张舟浩跑过去。从头到尾自己都是张舟浩的一个棋子，被张舟浩玩弄于股掌之间，这让道镇很是挫败，不甘心，恼火。道镇用脚朝张舟浩的肚子狠狠地踹去。“啊！”张舟浩在重击之下倒在了地上，手里的枪也脱手掉到地上。张舟浩试图再拿起枪，道镇抢先一步，把枪踢飞了出去，落到了暗处的草丛里。道镇上前继续用脚狠狠地踹着张舟浩，张舟浩背躺在满是石子儿的地上，因剧痛蜷着身子，道镇不管三七二十一就朝他的背、腿狠狠地踹着。但是，情况很快逆转，张舟浩一把抱住了道镇的脚，道镇试图摆脱张舟浩，但是不料身体失去重心，倒在了地上。张舟浩趁势迅速骑在了道镇的身上，一拳又一拳狠狠地打着道镇的脸。伴着“啪啪……”的声音，道镇脸上鲜血四溅，但是张舟浩没有停下来，就像是等这个时机等了很久的人一样，奋力发泄着。

渐渐地道镇意识有些模糊，但是咬牙继续忍着。道镇伸出胳膊，抓了一把土，毫不犹豫地朝张舟浩的脸上按去。张舟浩大叫一声，两手迅速捂在脸上。因为疼痛，张舟浩从道镇身上摔倒在地，道镇迅速爬起来，继续又用脚踹着张舟浩。“啊！”张舟浩不断大叫着。这时不远处的大路上正有几辆车经过，道镇看到了张舟浩视线朝马路方向看去，但是，没有用，就算张舟浩喊得再大声，车里的人也不可能听到。

张舟浩突然在地上慢慢地爬着，匍匐前行。道镇以为张舟浩要去找刚才落入草丛的手枪，环顾了一眼四周，道镇发现了一块很大的石头。在道镇去搬着那石头回来的时候，张舟浩已经朝着车的方向爬过去了。道镇刚开始以为张舟浩是想开车逃走，但是很快道镇便否定了自己的猜测，刚才张舟浩把车锁上了，现在他并没有拿出车钥匙解锁。道镇搬着石头走过去，狠狠地砸在了张舟浩的胳膊上。“啊——”一阵剧痛，张舟浩差点儿疼晕过去。张舟浩利用另一只胳膊支撑着身体，虽然很难继续向前爬，但是却不能停下，道镇正瞄准另一只胳膊准备砸下来。张舟浩用那只还完好的胳膊伸手握住了车门把手。

“打不开的。”道镇冷冷地嘲笑道。

门是打不开，张舟浩自然知道这一点，但是可以拉响防盗警报。拉响警报之后，张舟浩卧倒在地上，为了保护胳膊，张舟浩把胳膊压到了胸口底下。抬头朝大路方向看了一眼，几辆车已经掉转方向，向这边驶来。

但是，道镇并不知道这个警报系统。就在道镇正要第二次朝张舟浩砸下去的时候，六辆响着警笛的车朝工地驶了过来。车前灯照着道镇的眼睛，道镇抬手遮眼，看到最前面的一辆车上坐着的正是宣雨申。

宣雨申迅速下车，后面几十名刑警也迅速下车，把道镇团团围住。

“举起手来！”宣雨申语气严肃地喊道。

4

张舟浩来到位于警察局底下的审讯室。胳膊上打着石膏，幸好只是被道镇用石头砸了，骨头伤得并不是很严重，打石膏固定一段时间后就能够恢复。张舟浩知道诊断结果的时候心里又把道镇狠狠骂了一顿。

“您还好吧？”宣雨申看到张舟浩下来，问了一句。张舟浩什么都没说，只是把胳膊抬了抬让宣雨申自己看，然后拿起桌子上的报告书翻开看了看。道镇被逮捕之后，上面发来捷报，表彰张舟浩逮捕有功。

宣雨申呆呆地看着张舟浩的脸陷入了沉思。逮捕道镇的那天张舟浩曾问过自己“如果是你，你会怎么做？”张舟浩说如果是自己，那么他会把自己所遭受的耻辱全都一一还回去。那天张舟浩说像玄道镇那样一直觉得自己高高在上的人，一旦被推下去，肯定会把所遭受的都还回去。事情跟张舟浩所推测的一样，一点儿误差都没有。但是为什么张舟浩就断定道镇一定会来找他？来找张舟浩复仇又是什么意思？张舟浩在自己的车上装上了位置追踪器，还安排值班的警察，一旦自己的车开出家或者警察局就要立刻进行出动警力追踪在后面。也正是在那天逮捕了玄道镇。玄道镇要张舟浩偿还什么？张舟浩为什么就断定他是玄道镇的目标？两人之间到底有什么不可告人的秘密？宣雨申怎么也想不明白。

“怎么样了？”张舟浩问。

宣雨申一下子回过神来，现在那些问题都不重要，逮捕了玄道镇才是最重要的事。现在关着道镇的审讯室正是道镇残忍地杀害杨警官的地方。道镇坐在里面，被逮捕之前和张舟浩发生过冲突，所以现在衣服脏乱不堪，脸上也满是疲惫，但是仍然固执地不肯开口说一句话，眼神里也还是像以前的道镇一样满是孤傲。张舟浩不禁嘲笑，在这种时候道镇还要继续维持那副样子，真厉害！

“一直就那样，不肯说一句话，虽然一开始就料到会是这样。”

宣雨申透过墙上的窗看着审讯室里面的道镇，摇了摇头。虽然一开始就料到让道镇开口不容易，但是实际来临的时候还是觉得很棘手。审讯的时候，各种方法都用上了，包括说杨警官的死来控诉道镇的良心，怀柔手段说道镇想想自己的父母，道镇还是丝毫没有开口说一句话的意思。

“他让我进去。”张舟浩嘀咕了一句，拍了拍宣雨申的肩膀。审讯室里道镇眼睛看着这个方向，但是头却并没有面对这边。宣雨申并不觉得道镇是在看自己或是张舟浩。因为审讯室的玻璃是特殊玻璃，只能从外面看到里面，从里面根本就看不到外面的情况。这样设计，也是为了让证人在指认罪犯的时候不会被罪犯看到，保护证人的人身安全。所以即使是里面道镇眼睛是看向这个方向，宣雨申也不认为道镇是在看张舟浩，示意张舟浩进去。

“组长，您说什么呢？他看不到外面的。”

“你忘了，他也是一个刑警，就在不久之前还是。”张舟浩看着道镇说，“他知道，知道我在这儿，他一直在等着我来这儿。”张舟浩转身握着审讯室的门把手。

“您要进去？”

张舟浩点了点头。

“要监控录像吗？”

张舟浩想了一下摇了摇头，想到了什么，张舟浩摸了摸左侧的衣袋，里面是一把手枪，然后拧开了审讯室的门锁。张舟浩进去的时候，正对上了道镇的眼。道镇看到进来的人是张舟浩之后，扯着嘴角冷冷地笑了，张舟浩觉得那笑有些毛骨悚然。张舟浩看了一眼玻璃窗，果然外面什么都看不到。

“坐吧！”道镇像招待自己家的客人一样，请张舟浩落座。道镇表面看起来仍然风平浪静、悠闲自在的样子，张舟浩不知道他到底真的是这样，还是故意装作这样。张舟浩在道镇对面坐下来。

“听说你什么都不肯说？”张舟浩眼光锐利地盯着道镇，不想错过道镇脸上一丝一毫的变化。看到张舟浩这样，道镇扑哧笑了，和以前一样，还是一副傲慢的态度。但是张舟浩面对这样的道镇仍然是脸色一点都不变，反而冷冷地笑了，“也是，猪崽子、狗崽子都有保持沉默的权利。”

“张组长，你是想故意刺激我吧，还是趁早放弃得好。”

“我就问你一个问题”，张舟浩身体向前倾过去，“在工地刑警包围过来的时候，你为什么不抢了我的车钥匙逃走？”

“那样的话我就被活活射成枪靶子了。”

“不是，人被困在困境中的时候，哪怕是费尽九牛二虎之力也会努力逃走，当然实在没有办法的时候也会放弃，但是当时你完全不是要放弃的态度。”

“所以呢？”

“你在算计什么？”

道镇没有回答，但是眼睛泛着精光，想到了被逮捕的那一瞬间。在那一瞬间，道镇不是没想过逃走，当时车钥匙就在张舟浩的口袋里，而张舟浩已经被自己制服在地上，想要拿到车钥匙轻而易举。但是想要从工地里逃走却根本不可能，当时自己已经被警察重重包围了。当时已经意识到自己根本就不可能逃掉了，几乎是站在了绝望的悬崖边上。自己已经掉入了张舟浩设计好的陷阱里，根本无从逃脱。当时也想到了，难道就这样结束？自己失败了？一瞬间又意识到，不是，并没有结束，自己还有复仇的机会。既然自己逃脱不掉了，那么就要把你加注在我身上的全部都还回去。

“你还是不说？无所谓，不管你说不说，事情已经成定局了。”张舟浩站起来，准备离开。

“叫宣雨申过来。”

张舟浩愣了一下神，立刻嘲笑起来。“你也就这点儿能耐了，叫宣雨申来把一切都告诉他？”道镇什么都没说，张舟浩继续说道，“你觉得宣雨申他会信？好，就按你说的来，你能从宣雨申那里得到什么，怕还是挫败感吧？啊哈哈……”

张舟浩出去把门关上了，道镇在幽静的环境里集中精神。

5

道镇很快便和宣雨申见面了。

“我就问你一个问题。”坐在宣雨申的对面，道镇首先开口。

宣雨申冷冷地看着道镇，实际上宣雨申根本就不想来见道镇。但是，明天九点之后，道镇就要移交首尔看守所，之后道镇就不归松波警察局负责，这可能是最后一次见面了。宣雨申在想有没有必要在这里听道镇的话，他的话又会有什么价值。但是作为同甘共苦这么久的同事，就作为最后一点儿同事情谊，听道镇说完吧。这样想着，宣雨申扣上笔记本电脑盖子，双手手指交叉，看着道镇。

“你为什么要推荐‘意外’旅馆给我？”

宣雨申皱了皱眉，有些意外，道镇的话完全和现在的情景不搭边。“推荐给您？我就给了您旅游杂志而已。”说完，宣雨申停顿了一下，习惯性的还是对道镇用了敬语，意识到自己刚才对道镇这个完全没有人性的猪狗不如的浑蛋还用了敬语，宣雨申立刻换了语气，“你是问我为什么给你杂志？”宣雨申有些鄙视道镇，现在道镇是在把自己的罪责在别人身上找原因了，是在怪自己给他杂志，让他去了“意外”旅馆，才最终犯下杀人罪？想到这，宣雨申忽然意识到这个案子还有个疑点，为什么要把尸体藏在旅馆房间里？别的客人进来的话肯定会发现，现在想想倒是故意让别人发现的样子。而且，发现尸体的还是有史以来最年轻的重案组组长候选人，能力最突出、最有发展潜力的刑警——玄道镇。

道镇没有错过宣雨申充满疑惑的表情：“那本杂志，你哪里拿来的？”

“……那本杂志里标出了很多地方，又不是仅仅‘意外’一个地方。”宣雨申的话有些迟疑，显然刻意隐藏了某些不想说出来的话。道镇牢牢地盯着宣雨申的眼睛。

“不是，仅仅只标出了‘意外’旅馆，不信的话，你可以亲自去确认，杂志就在我更衣室的柜子里。”

从宣雨申的表情里道镇就感知到了他所受到的冲击和震惊。

果然，在杂志上做标记的并不是宣雨申，显然他也是从别人那里拿来杂志给自己的。那天宣雨申给道镇杂志的时候说的是“标出了几个不错的地方”，但是其实就只标出了一个“意外”。这说明，宣雨申也没有看过那本杂志，推荐“意外”的并不是宣雨申，而是那“艺术家”选择了“意外”。

“是张组长？”道镇低沉的嗓音十分确信自己的推测。

宣雨申不得不承认道镇说得没错，当时确实是张舟浩给的那本杂志，标记也是张舟浩做的，自己只是把杂志转交给道镇而已。这到底意味着什么？纠结烦闷吞没了宣雨申。虽然很想就把这一切当作一个偶然，但是又清醒地知道这一切绝非偶然。

“你的答案？”道镇又问了一遍。在道镇凝视自己的眼神里，宣雨申才意识到自己不由自主地站了起来。看着道镇，在这些难以置信的事实面前，宣雨申除了震惊再无其他。分明是亲眼看到了玄道镇杀害杨警官的监控录像，残忍无情，之后又在杨警官悲惨地死去之后一脸兴奋地逃走。

“不管凶手是谁，你都是个浑蛋。”宣雨申头也不回地出了审讯室。宣雨申感觉背后一阵发冷，都疯了，刚才自己要是再迟疑一些，恐怕就忍不住亲手把道镇掐死了。

当初，宣雨申自己也意识到了道镇应该是有正在交往的女人，每次都是避开别人，出去接电话，但是感觉应该不是正常的交往关系。宣雨申看到道镇找度假地也纯属偶然，就是路过道镇办公桌的时候，看到他正在浏览关于度假旅游的网站。但是，当时道镇的表情又不是愉快高兴地选择度假地，倒像是逼不得已在挑选。出于对前辈的崇拜和尊敬，宣雨申想给道镇推荐几个度假地，于是就上网浏览旅游度假网站，正巧被张舟浩看到，就告诉了他自己正在帮道镇选择度假地。张舟浩说他有本不错的旅游杂志，上边标了几个不错的地方，但是他和道镇一直不和，怕直接给道镇的话，道镇会不接受，于是就让宣雨申转交给道镇。现在再想想那时张舟浩确实有些奇怪。除此之外，还有另一个可疑之处，事先准备好的鲁米诺。

宣雨申去了办公室。办公室里张舟浩正在准备记者发布会。松波警察局的调查就此告一段落，就调查情况，需要召开一次记者发布会。张舟浩正在准备公告。到现在道镇都不配合审讯，唯一的证据就是他杀害杨警官时的监控录像和在金泰勋手指甲里发现的残留的头发。张舟浩一脸轻松的表情，像完成了作业的小学生一样有些兴奋。

“组长。”宣雨申站在办公桌旁边，张舟浩连头都没有抬，随口应了一声，继续打字。宣雨申站在旁边没有说话。过了一会儿，张舟浩才抬起头来看了一眼宣雨申。

“玄道镇那小子什么都没说吧？我就知道，以后这个案子就交给检察院负责了，你就全忘了吧！”

“还有事要跟您说一下。”

“什么事？”

已经开口准备要说了，这会儿宣雨申话到嘴边却又犹豫了起来，到底要怎么开口问？问他为什么推荐“意外”？还是问他想从道镇身上得到些什么？可是现在什么证据都没有，唯一的也就是那本旅游杂志。这些事也完全有可能是道镇胡编乱造的，可能就是道镇故意说这些事，让自己怀疑张舟浩，故意给自己洗脑。杀害杨警官的确实是道镇，这些都是证据十足的，这件事也让松波警察局威信扫地，不能再给局里抹黑了。宣雨申磕磕巴巴地说：“额……就是，是……”

张舟浩盯着磕磕巴巴的宣雨申，温和地问：“这件事给了你很多大的冲击吧？”

“啊？啊，是，是的。”

“这个案子你也辛苦了。本来就是比较复杂的案子，再加上玄道镇、杨警官还是你的前辈，我知道你心里也不好受。”说着，张舟浩拉开抽屉，拿出厚厚的一沓文件资料，全是这个案子的相关的资料、现场照片。张舟浩拍了拍那摞资料，说：“从现在开始就把这个案子忘了吧，接下来马上还会有其他的案子要忙。”

宣雨申心里更加矛盾起来，按照张舟浩说的，到此为止，就此放下这个案子，以后也不会再有各种舆论报道针对这个案子来攻击警察局。宣雨申心里已经动摇，更加倾向于就此放下这个案子，不再过问。

“这个案子就算已经结束了，上面要给这次破案过程中表现突出的刑警进一级，只有一个名额。”张舟浩说到这儿顿了顿，意思已经很明显，要把这个机会给宣雨申，“我就推荐你吧。”

这话无疑是给宣雨申一个很大的惊喜，宣雨申突然觉得自己之前辛辛苦苦工作都没有白费，一下子有了成果。宣雨申不想像杨警官那样，一辈子碌碌无为，最后就这么惨死。宣雨申又想到了自己的母亲，辛辛苦苦在一家餐厅里做零工的母亲，这下终于可以让母亲开怀地笑了。宣雨申郑重地给张舟浩鞠了一个躬，一声“谢谢组长”格外嘹亮。

进一级，宣雨申无疑是幸运的，在这个警察局，能在这么短的时间内进一级，还是前所未有的，这无疑将会是宣雨申履历上浓墨重彩的一笔。

“那先恭喜你了！”张舟浩伸手要和宣雨申握手，宣雨申有些惊慌地握住张舟浩的手。

“你刚才说有什么事要告诉我？”张舟浩又问了一句。

宣雨申有些疑惑，但是很快意识到了张舟浩的意思，笑着摇了摇头："没有，没有什么特别的事，就是想问下您接下来是什么案子。"

宣雨申出了办公室，要去把心里压着的那块沉甸甸的石头挪开。自己的目标就在眼前，现在脚底下有块石头阻碍了自己前行的脚步，必须挪开。宣雨申上了二楼，右转，在中间位置停下。这里是更衣间，左侧是蓝色标志的男更衣间，右侧是红色标志的女更衣间。宣雨申手握着门把手犹豫了一下，还是坚定地推开了更衣间的门，幸好现在里面没有其他人。脱鞋走了进去，右侧是一排银白色的柜子，高 1 米宽 45 厘米，每扇门上贴有姓名标签。这里是每个刑警的私人空间，柜子里按照自己的喜好，贴着恋人的照片，一家人的全家福或者是喜欢的明星乐团的照片。柜子里放着的大部分还是刑警们换下来的内衣，直接换下来就那样放在柜子里，有时间的时候再带回家去洗，所以整个更衣间里充斥着一种臭烘烘的味道。宣雨申走到道镇的柜子前，"仅仅只标出了'意外'旅馆，不信的话，你可以亲自去确认，杂志就在我更衣室的柜子里。"道镇的话又在脑海里响起。深吸一口气，宣雨申慢慢打开了道镇的柜子，柜子里干干净净，几件衣服整整齐齐地放着，也并没有乱七八糟的照片，"没想到这个没人性的家伙……"宣雨申小声地嘀咕着。柜子里放着水、乳等几瓶护肤用品，毛巾和几双干净的袜子也都整齐地叠放着。那本旅游杂志放在最角落里，宣雨申伸手拿出杂志，默默地盯着封面看了很长时间，手指在封面“旅游杂志”几个字上抚摸了几遍，默默地闭上眼睛，又睁开，再闭上，再睁开，这样反反复复几次。宣雨申心里默默告诉自己，该闭上眼的时候就要闭上，该睁开的时候就要睁开，否则痛的是自己，现在需要自己闭上眼睛，那么就闭上，不要再睁着了。深吸一口气，宣雨申拿着杂志走出更衣间。

出了更衣间宣雨申心情比任何时候都平静。楼道尽头一位打扫卫生的阿姨正推着蓝色的垃圾桶往这边走，可能是因为长期劳累导致腰疼，阿姨一只手撑着后腰，很吃力的样子。阿姨和宣雨申看了彼此一眼，并没有说话，虽然经常碰面，但也是从来不打招呼，两人这样面对面走过来，现在倒有些尴尬了。

“您好！”宣雨申朝走过来的阿姨问了一声好，阿姨没说话，只是朝着宣雨申和善地笑了笑。

“这个可以扔这里吗？”宣雨申扬了扬手里的杂志问。

阿姨脸上笑容更加灿烂了，作为一个清洁工，从未受到过这种待遇，一直都只问都不问一句直接扔进去，有些人甚至故意把扫帚绊倒，把垃圾扔在外面，“哎呀，当然啦！”

宣雨申看了一眼手里的杂志，毫不犹豫地直接扔进了垃圾桶：“您辛苦了！”

说完宣雨申对阿姨点了点头，转身下了楼。背后阿姨充满感动地看着他，宣雨申自然也感觉到了她的注视，猜测着她此刻应该是在想“这年轻人真不错，就扔个垃圾也会先问一下”。宣雨申不由得笑了起来，今天他还是诚实亲切的松波警察局重案一组的刑警。

6

办公室里静悄悄的只有张舟浩一个人，电脑散热器嗡嗡的声音和着张舟浩的脚步声在寂静的办公室里回荡。张舟浩走到道镇的办公桌前，不久之后这里就会被清理掉，可是在那之前，张舟浩必须先清理一次。拉开办公桌右侧的抽屉，首先映入眼帘的是一个黑色皮质外套的记事本，张舟浩拿出记事本，犹豫了一下才打开，一张照片掉了出来，打了几个旋儿，掉到了地上。张舟浩弯腰捡起照片。

照片上是一对男女，从照片上看出来背景是夏天。照片中，玄道镇一身清爽的打扮，右手怀里搂着一个女人，笑得一脸幸福的样子。任何人看了都会觉得他们肯定很相爱，是很幸福的一对，根本不会想到道镇内心深处会是那么残忍，心理变态。看着照片上一脸幸福的女人，张舟浩突然好奇现在她会是什么心境，或许她还不知道道镇的事吧。照片上的女人正是道镇的情人，张舟浩的妻子。

其实，张舟浩很早之前就偶然之下见过这张照片，当时是无比的愤怒，但还是把照片原封不动地放回去，没有作声。张舟浩也想过妻子为什么会这样，也试图找出原因，但是男人的自尊让张舟浩失控，根本没有办法静下心来思考。到底是什么时候开始失控的？应该是在知道玄道镇在自己的家里，在自己和妻子的床上，和自己的妻子交媾的时候吧！从那之后，张舟浩就一直在寻找合适的时机报复道镇，而让这一切实现的机会很快就到来了。

那天，金泰勋要求张舟浩去见他一面，而那时候张舟浩也正想和金泰勋提出以后不再为他办事儿。那天晚上暴雨如注，金泰勋和张舟浩见面的地方是位于首尔郊区的一个湖边。张舟浩知道那个湖附近还有金泰勋的几栋秘密别墅，里面住的是他的几个情人，这件事连崔永泰都不知道，那里可以说是金泰勋的阿房宫，也是金泰勋最肮脏的地方。湖边幽静无声，晚上很少有人会到那里去，极为恐怖，甚至让人觉得湖水很有可能随时就把自己吞噬掉一样。金泰勋就在那里等着张舟浩。

“来得很快嘛！”金泰勋嘲笑的语气让张舟浩绷紧了神经。

“我是来负荆请罪的。”

金泰勋扑哧笑了一声，但是很快那笑便消失了：“你知道吗，很多人可能都会无声无息地消失掉。”

张舟浩盯着金泰勋，一个绝对阴狠的男人，他的话一句句地让张舟浩慢慢紧张起来。张舟浩一直想断绝和金泰勋的关系，实际上也正在那么做了，但是这件事并不容易。刚才金泰勋的话无疑是在警告自己不要痴心妄想。

“没想到您一个人都没带就自己出来了。”为了缓解气氛，张舟浩如是说道。

“有些事还是越少人知道越好。”金泰勋笑了笑，“说吧，这次打算怎么办？”

张舟浩咽了一口唾沫：“这次的事……我做不了。”在金泰勋阴冷的目光下，张舟浩忍不住声音有些颤抖。金泰勋的浑蛋儿子又闯祸了。如果仅仅像上次那样交通事故也就算了，这次是强暴。强暴之后，怕被人发现，就把那个女孩关在了车后备厢里，那几天正是酷暑天，异常炎热，几天之后再打开后备厢，女孩已经活活被憋死，尸体已经开始腐烂。金泰勋让张舟浩想办法，不进行尸检，就说女孩是病死的。张舟浩鼓足了勇气，才敢直接这样拒绝金泰勋的要求。

金泰勋冷冷地看着张舟浩：“我曾经养过一条狗，好好地喂它，它就会对我摇首摆尾，让它叫它就会汪汪地给我叫两声，你知道我什么意思吧？嗯？”张舟浩紧闭着嘴巴，没有说话，金泰勋拿手背拍了拍他的脸，继续说，“你就是我的一条狗，让你叫的时候，你还想不叫？”

张舟浩的自尊心被金泰勋无情地踩在脚下，心里怒火中烧。

“要不然咱们就来个鱼死网破？”金泰勋充满鄙夷地说。

当然不能那样。对于金泰勋来说，就算把所有过去肮脏不堪的事情全部都公之于众，他也总会有一天再回政坛，但是张舟浩不一样。一旦张舟浩私收金泰勋的好处，替他做的那些违法的事被揭露出来，那么就变成一个有前科的人，不仅工作不保，以后不可能在警局里再待下去，就连自己的家人恐怕都会失去，妻子肯定会头也不回地离他而去。虽然现在和妻子中间一直都是冷冷淡淡的，但是即使是这样，仍然不想失去她。事情究竟是怎么走到这一步的？其实最初还是因为妻子。妻子一直抱怨，张舟浩经常一出去就是四五天不回家，整天把脖子放在刀刃上工作，可是却只能赚那么点儿钱，连基本的生活都不保。所以，在金泰勋给的好处前，张舟浩动心了，蒙蔽了双眼给他收拾一堆烂摊子，做些违法的事。无非就是想多拿点儿钱给妻子，在妻子面前能够挺起腰杆来。但是，妻子却和别的男人私通，这是对张舟浩的一个巨大的讽刺。

“求求您了，放过我吧，我保证就算以后不再为您效力了，也绝对不会把以前的事情说出去。我是一个警察，不能再做违法的事……”

“切！”金泰勋又一次鄙夷地笑了，“警察？你不过就是我的一条狗！”金泰勋笑得越来越起劲，甚至已经开始前俯后仰。张舟浩紧紧咬住牙，这就是给自己的报应，是自己应该付出的代价。

过了一会儿，金泰勋停止了笑：“行，你不做也行，反正给我做这些事的也不只你一个人，少了你也无所谓。”

张舟浩听了这话有些慌张，心里更加不安了。

“但是，我总得给自己一个保障吧。”金泰勋淡定地又说。

张舟浩显然没明白这句话的意思，金泰勋扑哧笑了。

“有一个警察知道我的那些违法的事，你知道我多不安吗？况且这个警察还不是我这边的人。”

一股不安涌上来，张舟浩咽了一口唾沫。

“你辞职吧！”

“总裁！”

“你要是还继续在警察局待着，说不定哪天就背后给我一刀，我怎么也得给自己一个保障吧？怎么？不想辞职？你现在是收了我的钱，还不想给我办事儿是吧？你这条不知好歹的狗！”说着，金泰勋朝张舟浩的脸上吐了一口唾沫，“你知道的，多少人都想见我一面，我今天亲自出来见你，给了你多大的面子，你还不知好歹！”金泰勋转身就要离开。

张舟浩感到一阵晕眩，从一开始就知道自己涉足的是怎样的一个地方，进去了就很难再出来。张舟浩突然害怕起明天即将要面对的一切。不行，不能就这么放弃，为了赚钱给妻子，自己连那些肮脏恶心的事都做了，最后还是被当垃圾一样看待，绝对不可以。

“总裁，求您放过我这一次！”张舟浩又恳求了一次。金泰勋停下脚步转身。

“你这个垃圾……啊！”一声尖叫响彻整个湖边，金泰勋捂着头蹲了下去，手指尖血不断涌出来。正是张舟浩拿手里的石头砸在了他的头上。张舟浩看了一眼手里的石头，这才意识到自己刚才冲动之下做了什么事，只有一个想法，出大事了。看了一眼还在哀号的金泰勋，张舟浩知道自己必须结束了他的生命，否则自己将会落入地狱，不得超生，回不了头了。

一下，两下，三下……沉重的声音在湖边继续，但是大雨掩盖了所有的声音。七八下之后，金泰勋就彻底没了气息。这个阴险狠毒的人就这样死掉了，张舟浩不自觉地笑了出来。但是很快便觉得一些恶心，“哇”的一声吐了出来。张舟浩蹲在地上继续吐着，旁边就是金泰勋破裂的脑袋，血混着雨水全都流进了湖里。

吐完，张舟浩抹了一下嘴站起来。这所有的一切都是因为金泰勋，都是他自找的，都是因为他出来不带一个随从，张舟浩不断地自言自语。

最初张舟浩是想把尸体直接扔进湖里，但是又想到扔进湖里的话，不久之后可能就会浮出水面。在这个连他家人都不知道的地方发现他的尸体，肯定会对路上的监控录像进行调查，很自然的也会调查出来自己也曾来过这里，崔永泰又知道自己和金泰勋的关系，肯定会怀疑到自己身上，很难再逃脱。最后，张舟浩等金泰勋的尸体流完血之后，把尸体放进了后备厢里。就这样把金泰勋的尸体放在后备厢里，第二天开着车去上班，照样工作，照样开会，照样去吃饭，只是心里一直压着一块大石头，胆战心惊。只要手机一响，就担心害怕是不是崔永泰打过来的。

那天上班，看到道镇在悠闲地上网，看着道镇的背影，张舟浩脑海里反反复复只有一句话“这一切都是因为你！”正巧，那会儿宣雨申经过问道镇在干什么，道镇说正计划着度假，这话被张舟浩听到了。张舟浩握紧拳头，愤怒地计划着怎样报复道镇。突然想起妻子跟自己说，几天之后要去参加一个同学聚会，出去几天……张舟浩这才意识到，妻子是要和道镇去度假。因为据他所知，妻子从来都没有参加过什么同学聚会，也是因为岳母管得严，妻子甚至都没有几个朋友。张舟浩突然想到自己可以把张舟浩的死推到道镇身上，一举两得。张舟浩立刻找出不久前买的那本旅游杂志，选出了“意外”。“意外”在首尔郊区，规模并不大，平时去的人也不多，没有预约也能有房间，而且不是旅游旺季，正适合在那里处理尸体。

张舟浩通过宣雨申把标出了“意外”的杂志给了道镇，并在那天预约了一个房间之后，开车去了堤川。到达的时候已经是晚上，旅馆在客人退房之后，肯定会打扫，为了避免被发现，张舟浩特地一大早就退房，然后又借口回去拿遗落的东西，把金泰勋的尸体藏进房间。为了让道镇住进那个房间，又用假名预约了其他所有的房间。所有的一切都结束了。对妻子的失望、愤怒，对玄道镇的自卑感，金泰勋给自己的牢笼，这一切全部都结束了。张舟浩心情格外好。

张舟浩又给妻子打了一个电话，还是无人接听。估计妻子现在应该也已经知道道镇的事了吧，突然想看看妻子那受到震惊的脸。妻子为了道镇一直在刻意疏远自己，这点张舟浩不是没有感觉到。“我给你生个孩子吧，只要你愿意，我立刻就离婚，什么都不用怕，我们这都是为了爱情。”那样热情诚恳的通话全都被张舟浩听到了，但是妻子并不知道，妻子更不知道，自己在她和道镇交媾的那张床上装上了监听器。现在，所有的一切都结束了，妻子的爱情，妻子的希望，所有的一切都结束了。妻子以后该怎么办呢？这一点是张舟浩最好奇的，妻子会不会又变成以前那个无所事事的妻子呢？

“组长，局长叫您过去一趟。”宣雨申进来办公室，转告张舟浩。

“行，马上去。”张舟浩轻快地答应，比任何时候都愉悦。

第十一章　曲终，但不是结束

1

检察院的第一次审讯结束了，道镇还是不肯开口说一句话。从审讯室出来时，道镇微微闭着眼睛，双手戴着手铐，身侧新来的看守员郑尊久押着一只胳膊向前走。

“松波警察局的宣雨申来见我吗？”道镇问了一句。郑尊久没有回答，道镇也知道结果了。已经申请三次要求见他了，可是他一次都没有来。道镇心里清楚，宣雨申心里已经做出了选择，选择背弃真相，于此得来的奖赏是进一级。人本来就是这样，趋利避害，可是宣雨申也会这样，却是道镇万万没有想到的，惊讶、嘲笑、愤怒也随之而来。

郑尊久押着道镇上了早就等在楼前门口的押送车，车从检查院后门离开。为的是避开守在前门的记者群，据说这是张舟浩特意申请的，恐怕也是怕道镇在记者面前会说什么不该说的话吧，道镇这样认为。

很快车便开到了汉江江畔，正午灿烂阳光下的汉江波光粼粼，透过铁窗棂，道镇看着外面的汉江，不禁想起来很久之前的某一天。那天也是这样的天气，差不多也是这个时候，正准备去吃午饭，接到在熙的短信，说她丈夫不在家，让道镇抓紧去她家，道镇当然是很愉快地前往。门一开，在熙就立刻热情地抱了上来，一把搂住了道镇的脖子。在熙是早有准备，身上只穿了一条薄纱裙，连内衣都没有穿，但是接吻的时候发现在熙嘴里轻微的有股焦味，道镇忍着没让她去刷牙，故意粗鲁地对待在熙，但是在熙却爱极了道镇的粗鲁。“慢点儿……慢点儿。”在熙上气不接下气地哀求，道镇故意装作没听到，其实是知道在熙分明就是口是心非。完事儿之后，道镇看了下时间，刚刚好，正赶上下午上班时间。本想洗个澡，但是时间不允许，只能草草地擦干身上的汗水，穿好衣服。没想到在梳妆镜前看到了在熙和张舟浩的结婚照，照片上张舟浩身着礼服坐在椅子上，旁边在熙身着婚纱站着，看起来很和谐幸福的样子。

在熙注意到了道镇在看照片，赤裸着身子起来，走到道镇身边，问：“你在乎吗？”

“……不好说。”

在熙笑了笑，朝道镇眨了眨眼，一脸魅惑地说：“再来一次？”

“该走了。”

从在熙家里出来，道镇直接回了警察局，虽然身上还残留着在熙的味道，可是道镇却一点儿负罪感都没有。在和在熙开始之前，道镇就知道她是张舟浩的妻子。第一次见面是在熙来局里给张舟浩送换洗的衣服，两人就此勾搭上。道镇想以此戏弄嘲笑张舟浩无能，而在熙正需要一个男人，两人各取所需。

“去哪儿了？”回局里正遇上张舟浩。

“吃午饭了。”虽然已经过了午饭时间很久了，道镇还是理直气壮地这么说。

“不错呀，出去加餐了？”张舟浩咬牙切齿地又说。

道镇装作没听见，直接越过张舟浩回到自己的座位。张舟浩气冲冲地转身出了办公室，道镇看着张舟浩的背影，陷入沉思。自己和张舟浩的办案能力其实不相上下，这本是件有目共睹的事，可是唯独张舟浩自己不认同，一直自负地认为他自己更优秀，所以道镇才讨厌张舟浩，有时候甚至恨不得杀了他，但是却一直忍着，想着早晚有一天会把张舟浩踩在脚下。既然暂时不能直接报复张舟浩，道镇就选择了在熙，以此来羞辱张舟浩。张舟浩再优秀，赚的钱再多，可是妻子在熙却拿那钱来取悦道镇，每次这样想的时候，道镇都感到一种胜利感充斥着全身，就像毒药一样，不能自拔。在张舟浩的床上，盖着张舟浩舍不得用的被子，和张舟浩的妻子疯狂地做爱，每次骑在在熙的肚子上，就觉得骑着的是张舟浩，满是胜利感。

很快车便开到了看守所，道镇回过神来，下车。

“拜托你让宣雨申来见我一次。”道镇在此请求郑尊久，郑尊久看着道镇皱了皱眉头，没有说话，“我有话必须对他说，是非常重要的事，跟调查有关。”道镇在此恳求道。

郑尊久叹了口气，道镇要求见张舟浩的时候都没有这么恳求过，这次看来确实是真的有事要跟宣雨申说吧：“现在调查已经归检察院管了，你有什么话就下次跟检察官说吧！”

“宣雨申也是这么说的？”郑尊久没说话，道镇已经看出来他的表情有些松动，于是道镇再次恳求，“就请你再打一次电话看看吧，如果这次他还是不来的话，我绝对不会再麻烦你了。”

郑尊久无奈地叹了口气，慢慢拿出手机，给宣雨申打了一个电话。

宣雨申跟张舟浩请了三四个小时的假，没想到张舟浩什么都没问就答应了，主要还是因为张舟浩也准备今天回家，看看妻子到底干什么去了。

“回去可能就得离婚吧。”宣雨申送张舟浩出去的时候，张舟浩这么说了一句。

送走张舟浩，宣雨申就开车去了看守所，虽然一点儿都不想去见道镇，道镇肯定还会跟他说是张舟浩陷害他的，宣雨申不想听他说这些。但是，这次能进一级也是因为道镇的这个案子，宣雨申觉得自己还是去见他一面，亲自告诉他比较好。算是最后一面吧，以后再也不会见他了。

递交了会见申请之后，宣雨申被安排在2号会见室等着。会见室中间用玻璃隔开，两部电话连着，两边的人可以通话。等了没多长时间，玻璃对面一侧的门开了，道镇进来。道镇身穿一身囚衣，手上戴着手铐。囚衣上衣最上面两颗扣子没有系上，可以看出道镇囚衣里面什么都没有穿。囚犯的内衣都是家人或是熟人给送进来的，看守所是不提供的，看来道镇进来这里连父母都没有来看过他。道镇看起来脸色并不好，苍白无力。也是，看守所并没有装空调等设施，为的就是让所有进来的人出去之后再也不想进来。道镇眼神还是一如既往的冷冷的，消瘦的脸上，仍是令人厌恶的孤傲。

“怎么样？还能受得住？”宣雨申先开口问道，没有任何温度。

道镇扑哧笑了出来：“挺好，比大半夜埋伏在小角落里好多了。”

宣雨申不屑地笑了笑。看到宣雨申的笑，道镇表情冷了下来：“浑蛋，张舟浩的事你小子都知道了？”

宣雨申一下子有些僵硬,笑容掩了去,愧疚在脸上一闪而过。道镇没有忽略宣雨申脸上一闪而逝的愧疚。但是,道镇又清晰地预感到,宣雨申并没有负罪感,只是单纯的有些愧疚。

“早就知道会是这样,妈的。”道镇咬着牙狠狠地说,“人生本就这样,我也没什么怪你的,谁都有阴险的一面。”

宣雨申冷冷地笑了:“你叫我来就是要说这些话的?你想听我说什么?我没空听你胡言乱语,我是大韩民国的一名刑警,我很忙。”

“听说你进了一级?”

宣雨申“呵呵”笑了一声,站了起来:“你叫我来肯定不会是祝贺我的吧,没空听你闲扯,我走了。”

“既然进了一级,我送你一个礼物如何?”

背后道镇又说了一句,宣雨申装作没听到,握住了门把手。但是,道镇抓住了宣雨申一瞬间的犹豫开口说道:“松波警察局马上就会陷入一宗大案子,轰动整个大韩民国的大案子,很快记者也会蜂拥而至。”

宣雨申回头看了一眼道镇,道镇也正看着宣雨申,两人眼神相遇,毫不退让,道镇扑哧笑了出来:“我就知道你会关心的,你就是个为了进一级,连事实真相都可以背弃的浑蛋。”

面对道镇赤裸裸的讽刺,宣雨申还是毫不犹豫地走了,道镇也早就料到会是这样，冷冷地说了一句："等着瞧吧！"

2

张舟浩把车停在路边，看着马路对面的加油站，想起来那个大雨的夜晚。在那个大雨的夜晚，闪电雷鸣中一个男人在放声大笑，笑着原来杀人并没有以前想象的那么难，那个男人就是张舟浩自己。在那个夜晚，张舟浩好像看到了一直潜藏在内心深处的另一个自己。

后面有人按了喇叭，张舟浩没有犹豫，直接开车出发。从后视镜里，看到加油站渐渐离自己远去，现在所有的一切都结束了。现在要回家一趟，回家见自己的妻子。虽然嘴上和宣雨申说回家可能就要离婚了，可是其实内心深处还是希望能和妻子和好，并不真想离婚。还想回家看看妻子此刻的表情，出轨打算和丈夫离婚，结果现在道镇成了杀人犯，不知道希望破灭的妻子会是怎样一副表情。张舟浩把车停在停车场，又打了一个电话，还是没人接，不管是家里的电话，还是妻子的手机。难道是自杀了？张舟浩很快就否定了自己的猜测，想到那天岳母的话，张舟浩猜测岳母很有可能已经知道了妻子出轨的事，所以才要求自己和妻子离婚。

张舟浩下车进了公寓楼，在消防栓处停了下来。按下银色的按钮，消防栓的门开了，里面有一个包裹，上面有张舟浩的联系电话，是上次快递员打电话问的那个。看来妻子还没有把它拿走，张舟浩默默想道。

“你好！”后面有谁在叫张舟浩。

张舟浩回头，是一位四十多岁的中年妇女似乎是在哪里见过，张舟浩想到这应该是邻居家女主人。

“你是住 1206 吧？”

“啊，是，我是，你好！”张舟浩礼貌地打了招呼，和邻居并不熟，现在突然打招呼有些尴尬。

“也没什么事，就是……”女人有些犹豫地开口，“你们家最近发生了什么事吗？”

“我家？你是说……？”

“我坦白说了吧，最近你家总是有股很重的臭味传出来。”

张舟浩有些发愣地站在那里，还没有理解那女人话里的意思。

“最近天气热了，阳台门全开着，从你家总是传出来一股恶臭味。”

“最近工作忙很久没回家了，我妻子也忙，可能没时间打扫卫生，可能垃圾没有及时处理吧……”

“不是，跟不打扫卫生没什么关系，是尸体腐烂的那种臭味。

之前不知道您也是警察，就先报案了，跟物业也说过了，难道您没接到什么电话吗？”

张舟浩这段时间因为道镇的案子，一直接到记者打来的各种电话，只要是陌生的电话一律都不接，可能就此错过了吧。张舟浩跟那女人道了歉，表示会立刻去处理，女人离去后，张舟浩不由得又皱着眉头。妻子本来就是不擅长家务的人。刚结婚的时候，衣服都是脱了就随手扔在地上，垃圾更是连倒都不知道。这也都是因为岳母从小就惯着妻子，替妻子打理好一切，所以妻子才养成了这种衣来伸手饭来张口的习惯。但是，现在邻居都来抱怨说家里有恶臭传出来，难道妻子真的不在家？张舟浩更加担心起来。

拿上包裹，张舟浩站在家门口，还是怀着一丝期待，按下了门铃，里面没有任何动静。张舟浩只好拿出钥匙自己开门，门一开，冰凉的空气扑面而来，随之而来的还有一股恶臭味，张舟浩捂着鼻子后退了一步。用手在空中挥了挥，试图挥开那股臭味，但是丝毫没用。张舟浩内心的不安越来越重。捂着鼻子小心翼翼地走进去，打开玄关处的灯。这才看清家里的窗帘全都拉上了，如果不开灯的话跟晚上一样漆黑。张舟浩站在玄关处就能看到里面的厨房、客厅。走进去，打开卧室的门，一眼就看到床上被子靠近床尾处露出一节黑色的东西，张舟浩盯着看了好一会儿，才意识到那是人的半条腿，又发现，床底下有什么东西正蠕动着爬出来。定睛一看，是白色的蛆。

张舟浩又往前走了一步，脚下被什么绊了一跤，低头看，一只红色的高跟鞋。“怎么了？您夫人也穿这样的鞋子吗？”宣雨申话浮现在脑海里。另一只鞋子张舟浩见过，在道镇的家里，是道镇珍藏的战利品。张舟浩愣在那里一动不动。

外面传来警车的警笛声。

道镇走在看守所昏暗的楼道里，不知道自己何时才能出去，但是道镇脸上还是冷冷地笑着。道镇想到了金泰勋尸体悲惨的样子，开始可能是偶然的，但是潜在的是必然，张舟浩的话还在耳边回响“心理变态，只要知道了就很容易利用。”道镇扑哧又笑了，走在身侧的看守员惊讶地看着他。

作者的话

两年前一个普通的傍晚，看电视新闻的时候，新闻中一句无心的话引起了我的注意，“多老实的一个人……”

那天新闻中报道的是一起广泛关注的连锁强奸案的嫌疑人最终被逮捕的消息，新闻报道中记者采访嫌疑人的邻居，全部都是战战兢兢不敢置信的表情。在那一瞬间，我才真切地体会到在人的外表之下还隐藏着很多不为人知的东西。

在那之后，又有很多案子不断引起社会的震惊错愕。小学生将同班同学亲手推下楼摔死，知名学府老教授把自己的学生先奸后杀，老实的青年把女邻居残忍地迫害致死……在看过那一连串的案子之后，我更加深切地体会到了每个人的外在之下都隐藏着一个不为人知，甚至是连自己都意识不到的恶的一面。由此，我创作了《双面人》。

“任何人都有险恶的一面。”整个故事始终贯穿着这一主题。其实“恶”这个词包含有很多意思，不仅仅只是违法犯罪、杀人越货这些。很多时候，恶就在我们不知不觉的时候操控着自己。

玄道镇，组长候选人，俊朗的外表，优秀的工作能力，外在看来他是一名前途不可估量的刑警，可是在欲望的操控下，逐渐扭曲了自己。

张舟浩，出于嫉妒，最终在心里恶的作用下也走上了一条不归路。

宣雨申，乐于助人、诚实可靠的小伙子，最终在权力的诱惑下背弃了一直信仰的真实。

这三个人物反射了社会的一小面，一个有些让人恐惧的社会现实。

我并不是想说社会这般险恶，我们就毫无希望，只能得过且过地过每一天，而是要始终谨慎，始终以自己最好、最善的一面来面对一切。

郑海莲

杨善洲的故事

中央创先争优活动领导小组办公室

党建读物出版社
人民出版社